Jana Beek

Stadtströmungen

Roman

Bibliographische Information der Deutschen Nationalbibliothek: Die Deutsche Nationalbibliothek verzeichnet diese Publikation in der Deutschen Nationalbibliographie, detaillierte bibliographische Daten sind im Internet über dnb.de abrufbar.

TWENTYSIX
Eine Marke der Books on Demand GmbH

© 2024 Jana Beek

Herstellung und Verlag:
BoD – Books on Demand, Norderstedt

ISBN: 9783740750114

Cover: Jana Beek

-1-

Misha folgte den Melodien und Stimmen, die in dem Stadtpark ertönten und fand das Konzert, welches dort zu Ehren des Gesellschaftswissenschaftlers Juri Myslitel und der Eröffnung des Stadtmuseums veranstaltet wurde. Hunderte von Leuten hatten sich um die Bühne versammelt, es wurde ausgelassen getanzt, gesungen und gefeiert. Misha stellte sich in die letzte Reihe, zog ihren schweren Rucksack ab und ließ ihn auf den Boden fallen. Streckte sich kurz, um die Schultern zu lockern. Dann richtete sie ihren Blick auf die Band, die auf der Bühne stand.

Ihre Musik strömte durch die gesamte Stadt Mela, und war so ganz anders, als alles, was sie bisher in den dreizehn Jahren ihres Lebens gehört hatte. Das erste Mal seit sehr langer Zeit spürte Misha, wie ihre Umgebung elektrisiert, wie sie selbst mitgerissen und fortgetragen wurde, wie die Welt aus einem tiefen Schlaf erwachte.

Die Anspannung der zwei Tage langen Anfahrt mit dem Zug, die sie hinter sich hatte, immer mit der Angst, dass sie entdeckt und zurückgeschickt werden würde, fiel mit einem Mal von ihr ab und löste sich spurlos auf, als würden Sonnenstrahlen durch den Nebel dringen und alle kleinen Regentropfen verdunsten lassen.

Der Sänger, der auch gleichzeitig Gitarre spielte, sang mit einer Leichtigkeit und Fragilität in das Mikro, sodass seine Stimme Misha augenblicklich ins Mark traf und von dort aus ihren Körper vibrieren ließ. Sie hatte in ihrer Heimat schon vorher Musik gehört, aber noch nie war sie auf einem so großen Konzert von einer weltweit bekannten Band gewesen, bei der die halbe Stadt zusammenkam.

Mit Verblüffung stellte sie fest, dass ihr Körper sich begann, zur Melodie zu bewegen und alle Leute um sie herum ebenfalls in Bewegung gerieten und sie alle wie ein gerade erst entstandener neuer Organismus zusammen in der Musik aufgingen.

Rationales Denken, Planen und Reflektieren verschwanden immer mehr im Hintergrund und Misha spürte sich angekommen, aufgehoben und gleichzeitig fortgeschwemmt in einem Strudel aus Farben und Formen. Pulsierendes Violett, leuchtendes Rot, sonniges Gelb, knalliges Orange, sattes Grün und blendendes Blau waberten um sie herum, wickelten sie ein und enthoben sie der Welt und Mishas komplizierten Vergangenheit und unklaren Zukunft. Sie schloss die Augen, ihr Kopf fiel nach hinten und sie ließ sich das erste Mal in ihrem Leben tragen. Endlich. Sie konnte frei atmen. Sie hatte immer schon vermutet, dass so ein Leben irgendwo möglich wäre, aber jetzt hatte sie endlich die Bestätigung. Wenn auch nur für einen Moment.

-2-

Sobald das Konzert zu Ende war, galt es sehr viele schwierige Aufgaben anzugehen. Es war schon längst dunkel geworden und Misha war in einer ihr völlig unbekannten Stadt. Sie lief an den vielen Grüppchen von Jugendlichen und Erwachsenen vorbei, die miteinander lachten, angetrunken umherschwankten oder sich angeregt unterhielten. Sie versuchte nicht aufzufallen. Die Mission ihres Lebens. Nachdem sie den Park, der sich immer mehr leerte, durchquert hatte, lief sie in einen anliegenden Wohnbezirk und versuchte, sich möglichst unauffällig nach einem Unterschlupf für die Nacht umzusehen.

Immerhin war es Sommer, die Ferien hatten gerade erst begonnen und sie musste sich keine Sorgen darum machen, nachts zu erfrieren. In einem ruhigen Wohnhaus war die Haustür unverschlossen und sie schlich sich herein, lief in den Keller und stellte mit Erleichterung fest, dass dieser verlassen war. Ein altes zerschlissenes Sofa mit ehemals Blümchenmuster war ihr neues Bett und sie ließ sich erschöpft darauf fallen.

Am nächsten Morgen wachte sie gegen fünf Uhr auf und fühlte sich verspannt und doch etwas ausgekühlt so ganz ohne Decke. Sie richtete sich auf und starrte auf das fahle Licht, das vom Kellerfenster hereinschien. Die Euphorie des gestrigen Tages und Abends war etwas verblasst. Ja, sie war nicht mehr zu Hause und nicht mehr in ihrem Heimatland. Jetzt stand sie das erste Mal in ihrem Leben auf ihren eigenen Beinen und sie war sich nicht sicher, ob sie das schaffen würde.

Außer ein paar Kleidungsstücken und weiteren Habseligkeiten hatte sie nichts dabei, war praktisch mittellos und ohne Essen, ohne finanzielle Mittel. Um in Mela bezahlen zu können, bräuchte sie einen Taschencomputer und den bekam sie nur, wenn sie sich registrieren ließ. Und wenn sie das tat, würde man sie entweder in eine Pflegefamilie stecken oder zurückschicken. Beides kam für sie nicht in Frage. Also blieb ihr nur übrig, sich durchzubeißen. Das war der Plan.

Misha wischte sich die Augen trocken, schniefte ein paar Mal, atmete tief ein und aus, stand auf und rollte ihre Schultern nach hinten. Es galt jetzt Lösungen für ihre Probleme zu finden. Dafür leerte sie ihren Rucksack auf dem Sofa aus, zog die Stadtkarte von Mela heraus, die sie zu Hause ausgedruckt hatte und studierte die darauf markierten wichtigsten Gebäude und Einrichtungen. Den fast leeren Rucksack zog sie sich wieder an und startete ihre Erkundungstour.

Als sie auf die Straße trat, schweifte ihr Blick zum grauen Himmel, der unbestimmt über der Stadt hing. Die Luft war klar und frisch. An diesem Samstag war noch alles sehr ruhig und bewegungslos. Misha zog ihre Jacke enger um sich und vergrub ihren Kopf im Kragen. Wenn die Welt so still und farblos wurde, das passte ihr gar nicht. Das roch nach grauer Stagnation, nach blasser Substanzlosigkeit, der Misha mit ganz viel Aktivität entgegenwirken musste.

Sie setzte sich in Bewegung und lief mit der Karte vor sich aus ihrem Stadtteil heraus zurück in den Park, in dem immer noch die Reste des gestrigen Konzertes herumlagen. Die Bühne war verwaist, überall lag Müll herum, ein paar Gestalten schliefen auf Parkbänken oder auf dem Rasen. Heute würden die Feierlichkeiten noch weitergehen, mit vielen Gästen aus anderen Regionen, unter die Misha sich gemischt hatte, als sie hierher gereist war.

Glücklicherweise war an den Grenzkontrollen niemand skeptisch geworden, warum ein Mädchen allein reiste. Auch wenn ihre Familie ihre Abwesenheit sicherlich schon längst bemerkt hatte. Es war ihr egal, dieser Abschnitt ihres Lebens lag endgültig hinter ihr, sie würde nicht mehr in ihr altes Leben zurückkehren, welches daraus bestanden hatte, dass sie von einem Haushalt in einen anderen geschoben wurde und allen Leuten im Weg stand. Das einzige, was sie daraus mitgenommen hatte, war, schon früh auf eigenen Beinen zu stehen und sich selbst zu organisieren. Wegen mangelnder Anerkennung in einem Zuhause war sie immerhin eine der besten in der Schule gewesen und konnte fließend Weltsprache sprechen. Ihre Schulbildung war eine ihrer höchsten Prioritäten, weshalb sie durch den Park eilte und sich gleich auf die Suche nach der großen Bibliothek machte. Das würde ihr eigentliches neues Zuhause werden.

Misha fand gleich das große dreistöckige Gebäude und zog die großen Glastüren auf. Es war sechs Uhr und die Einrichtung hatte gerade aufgemacht. Bis zehn Uhr abends konnte sie dort bleiben, außer sonntags. Misha huschte wie eine Maus durch die Stockwerke, die durchgehend mit einem weinroten Teppichboden ausgelegt waren, die friedlichen Bücher umschlossen sie wie in einer alles vereinnahmenden Umarmung, die von Menschen nur schwer zu bekommen war, so ihre Erfahrung. Ihr Herzschlag verlangsamte sich und Misha konnte ihre Schultern wieder etwas locker machen. Hier war sie in Sicherheit.

Auf der Toilette füllte sie ihre Wasserflasche auf, kämmt sich die Haare und flocht sie in einen neuen Zopf, putzte sich die Zähne, traute sich eine schnelle Katzenwäsche zu und fühlte sich halbwegs gesellschaftsfähig. Das hier war wohl ihr neues Badezimmer.

An den Computern in der Bibliothek checkte sie die neuesten Nachrichten und testete, ob sie dort ihre Schulaufgaben erledigen und ausdrucken konnte. Es schien alles zu klappen. Misha atmete erleichtert auf. Im Anschluss lief sie zum beginnenden Wochenmarkt, an dem die Erzeuger aus dem Umland ihre Waren in der größtenteils vom Weltmarkt unabhängigen Stadt anboten und konnte mehrere Lebensmittel einsammeln, die achtlos weggeworfen worden waren. Ein Teil davon war ihr erstes Frühstück.

Später fuhr sie mit der autonomen Bahn kreuz und quer durch alle Stadtteile und warf einen Blick auf die wichtigsten Verwaltungsgebäude, die Schulen, die Universität, den medizinischen Notdienst und viele andere Einrichtungen, um eine gute Orientierung zu bekommen.

Hier war alles anders als in der Kleinstadt in Jaku, aus der sie kam. Das erste, das Misha auffiel, war, dass die Menschen sehr viel diverser waren. Sie kamen offensichtlich aus allen Ecken der Welt, kleideten sich in allen Farben und Formen, sprachen mit verrückten Akzenten, Frauen hatten nicht den *einen* Kleidungsstil und Männer nicht nur ihre Schublade, ihre Frisuren und Klamotten verwischten Gendergrenzen, aber nicht auf eine anstrengende Art und Weise, sondern so selbstverständlich und beiläufig, wie Misha es nicht für möglich gehalten hätte. Sie fragte sich dabei, wie *sie* sich kleiden und sich stylen wollte. Aktuell war ihre äußere Erscheinung auf

Praktikabilität ausgerichtet: robuste Hose, T-Shirt und Jacke, feste Schuhe. Und das würde erstmal so bleiben.

Darüber hinaus fand sie, dass Mela nicht so gut in Schuss war wie sie es von ihrer Heimat aus gewohnt war. Überall bröckelten Hauswände, schälte sich der Lack und Putz, immer wieder stolperte Misha über Baustellen, die wohl schon länger vor sich hin vegetierten. Die Sitze in der Bahn waren abgenutzt, die Wände vollgekritzelt. Besonders an den Stadträndern häufte sich der sichtbare Verfall. Nur mit Mühe und Not schien die Stadt sich zusammen zu halten.

Mela hatte nicht die finanziellen Mittel wie andere Kommunen, das wusste Misha, als freie selbstorganisierte Stadt gab es keinen großen Konzern, der hinter ihr stand. Und die Gewinne, die erwirtschaftet wurden, wurden in die Grundversorgung der BewohnerInnen gesteckt. Damit stand Mela etwas außerhalb der weltweiten wirtschaftlichen Logik, war aber auch trotzdem mit den bestehenden Kreisläufen verzahnt. Das hatte Misha sich alles in den letzten drei Jahren, als sie angefangen hatte, ihre eigene Umsiedlung vorzubereiten, angelesen. Sie wollte sicher sein, dass sie die richtige Entscheidung traf. Und wenn sie sich so umschaute, dann war sie zufrieden. Jetzt musste sie es nur schaffen, bis zur Volljährigkeit am Leben zu bleiben, dann konnte das Leben hier für sie wirklich beginnen.

-3-

Die nächsten Wochen verbrachte Misha damit, sich so einzurichten, dass sie einen funktionierenden Alltag auf die Reihe bekam. Sie kundschaftete die besten Quellen für entsorgte Lebensmittel aus und legte sich einen Vorrat an. Besorgte sich Kissen und Decken, wenn der Herbst kam und es kühler wurde. Zum Glück war der Winter in dieser Region relativ mild, die Temperatur fiel tagsüber nur selten unter den Gefrierpunkt. Sie kratzte sich Utensilien für den Schulbesuch zusammen und fand eine Möglichkeit, Kleidung zu waschen. In dem Haus, in dem sie es sich gemütlich gemacht hatte, war es sehr ruhig und sie konnte unbemerkt in dem Keller hausen. Falls sie plötzlich eine neue Bleibe suchen musste, hatte sie sich bereits ein paar andere geeignete Objekte angeschaut.

Die Sommerferien vergingen wie im Flug und dann war er da, der erste Schultag. Misha hatte die Nacht kaum schlafen können und nun stand sie vor dem Sekretariat ihrer neuen Schule.

„Dein Name steht nicht auf der Klassenliste", informierte die Sekretärin sie mit strengem Blick über ihre Brille hinweg.

„Ich bin gerade erst angekommen", räusperte Misha sich, „die Registrierung ist wahrscheinlich noch nicht abgeschlossen."

Die Sekretärin blätterte in Unterlagen und klickte auf dem Computer herum. Misha hielt die Luft an.

„Ich werde dich in die 7b einteilen, Raum 156, erster Stock. Aber die Registrierung muss nachgeholt werden", verkündete sie schließlich mit strenger Stimme.

„In Ordnung", Misha atmete erleichtert aus. Es würde schon irgendwie gehen. Hauptsache ein Anfang war gemacht.

Vor dem Klassenraum war die Aufregung groß. Ungefähr zwanzig Kinder hatten sich davor versammelt und diskutierten lautstark ihre Ferienaktivitäten.

„Wir haben meine Verwandten besucht…"

„…waren jeden Tag am See…"

„…Ferienprogramm auf dem Bauernhof war cool…"

„Der neue Freund meines Vaters ist zu uns gezogen", verkündete ein Mädchen mit grünen Strähnen und viele drehten sich zu ihr um. „Marc wohnt jetzt bei uns, habt ihr ihn auf dem Konzert gesehen?", ihre Augen strahlten und eine alles einnehmende Energie ging von ihr aus, die ähnlich ihrer Haarfarbe hellgrün war.

„Dann ist Marc dein neuer Vater", warf ein Junge abschätzig ein.

„Nein", echauffierte das Mädchen sich und schaute ihn eindringlich an. „Er ist aber ein ziemlich cooler Typ, hilft mir jeden Tag bei den Hausaufgaben."

„Lea, der ist bloß neidisch", steuerte ein anderer bei.

„Hauptsache Juri steht nicht mehr auf der Abschussliste", ein Mädchen legte mitfühlend den Arm um Lea.

„Habt ihr den Auftragskiller gesehen?", schaltete sich jemand in das Gespräch ein.

„So, genug davon", die Lehrerin stand hinter ihnen und bahnte sich einen Weg zur Tür, um aufzuschließen. Das Gespräch verstummte und alle folgten ihr in den Klassenraum.

Misha setzte sich sofort auf einen Platz ganz hinten und war froh, dass niemand Notiz von ihr nahm. Die Lehrerin, Frau Schulte, nahm kurz Augenkontakt mit ihr auf und nickte ihr zu. Nachdem alle sich sortiert hatten, startete der Unterricht mit Mathematik. Misha hatte keine Mühe, dem Stoff zu folgen, beteiligte sich aber auch nicht mit Redebeiträgen, um erstmal in Ruhe beobachten zu können. Das war genug Anstrengung für einen Tag.

Zwischen den Stunden und in den Pausen sprach niemand sie an und Misha war froh, mit der Wand hinter ihr verschmelzen zu können. Ab und zu fing sie ein paar neugierige Blicke ein, aber das war es schon. Nach Unterrichtsschluss eilte sie in die Bibliothek und setzte sich an einen der öffentlichen Computer, um die Aufgaben erledigen zu können. Dabei gab sie sich bis ins letzte Detail so viel Mühe, dass es keinen Grund für Kritik geben konnte. Sobald sie fertig war, befasste sie sich schon mal mit dem Stoff, der kommen würde, nur um bloß die Zeit bis zum Abend rumzubekommen. Gegen neun Uhr fuhr sie zu ihrem Kellerloch und legte sich dort schlafen.

Nach zwei Wochen war sie in eine neue Routine verfallen und war froh, dass ihr der Übergang in das neue Schulsystem gelungen war. Das gab ihr ein konkretes Ziel im Leben, dem sie folgen konnte.

Ab und zu hatten ihre MitschülerInnen sie angesprochen, doch sie hatte nur einsilbig geantwortet und sich schnellstmöglich aus dem Gespräch herausgezogen. Niemand von ihnen konnte verstehen, was in ihrem Leben vor sich ging und Misha konnte sich nicht vorstellen, mit irgendjemanden von ihnen mehr als Small Talk zu betreiben. Sie alle wirkten noch so gut aufgehoben in ihrer sicheren Welt, so fröhlich, so ausgelassen, so geschützt, geradezu kindlich. Es war auch gut so. Nur gab es so keine Gemeinsamkeiten zwischen ihr und den anderen.

An einem Tag hatten zwei Jungs aus ihrer Klasse sie nachmittags in der Bibliothek gesehen und waren sichtlich verwundert darüber, dass sie dort ihre Hausaufgaben machte, doch niemand von ihnen sagte ein Wort, es lief alles über Blicke. Leute konnten sich angesichts ihrer nicht immer einwandfreien Kleidung und ihrer Erscheinung zusammenreimen, was sie wollten, solange niemand etwas sagte.

„Misha, deine Eltern waren nicht beim Elternabend", sagte Frau Schulte einmal nach Schulschluss. „Sag ihnen bitte, dass wir für nächste Woche einen Gesprächstermin vereinbaren müssen."

„Es tut mir leid, sie haben keine Zeit", stotterte Misha und schaute schuldbewusst auf den Boden. Es war noch nicht einmal eine Lüge. Auch in ihrem Heimatland hatten ihre Eltern keine Zeit für solche Dinge gehabt. „Ich weiß, dass sie nicht kommen würden."

Frau Schulte hob eine Augenbraue, als würde sie überlegen, was jetzt zu tun sei.

„Ich gebe dir einen Elternbrief mit, da stehen meine Kontaktdaten. Keine Angst, mit deinen Leistungen ist alles in Ordnung. Es geht um die Aktivitäten dieses Jahr und das allgemeine Kennenlernen."

Misha nickte und steckte den Zettel ein. Mit solchen Lehrergesprächen hatte sie schon viel Erfahrung. Es waren immer dieselben Fragen. Warum sind deine Eltern nicht zum Termin erschienen? Warum gibt es keine Rückmeldung? Wann haben sie Zeit? Wieso ist bei euch niemand zu erreichen? Die ehrliche Antwort wäre gewesen, dass ihre Eltern viel arbeiteten, beide als Zulieferer für den Konzern Maana und sich nicht geneigt sahen, in Schulangelegenheiten zu intervenieren, solange das Ergebnis, die

Noten stimmten. In besonders heißen Phasen, wenn sie Tag und Nacht mit der Ernte beschäftigt waren, hatte Misha bei ihren Tanten oder Großeltern gelebt. Es war insgesamt kein schreckliches Leben gewesen. Nur, dass sie mit der Zeit immer unsichtbarer geworden war, nur noch von A nach B geschoben wurde wie ein lästiges Möbelstück. Also hatte sie sich selbst entsorgt.

-4-

„In den nächsten vier Wochen werdet ihr in Gruppen von drei bis vier Leuten ein Referat zu einem vorgegebenen Thema vorbereiten", verkündete eines Tages der Lehrer in Politik und Wirtschaft und Misha unterdrückte ein Fluchen. Das hatte ihr gerade noch gefehlt.

Nach der Stunde, als alle den Klassenraum verlassen hatten, ging sie zu ihm.

„Herr Marov, ich möchte die Gruppenarbeit gerne allein durchführen", sprach sie ihn an und setzte dafür ihr überzeugendstes Gesicht auf. „Ich kann dafür auch die Arbeit von drei Leuten übernehmen, kein Problem."

„Misha, es ist eine *Gruppen*arbeit", er beachtete sie fast nicht und packte seine Tasche.

Sie lief um den Lehrertisch herum und stellte sich direkt vor ihn. „Wie Sie bestimmt bemerkt haben, habe ich keinerlei Kontakt zu den anderen", sie beugte sich zu ihm vor und senkte die Stimme. „Schauen Sie mich an, mit mir will niemand etwas zu tun haben. Lassen Sie mich das Projekt allein durchziehen und alle sind glücklich."

Er fixierte sie endlich mit seinen grauen Augen und sie bildete sich ein, dass er leicht die Nase rümpfte. „Ich werde es mir durch den Kopf gehen lassen. Für deine Note wäre es allerdings besser, wenn du die Vorgaben erfüllst."

„Okay", sagte Misha bloß und nickte. Als die den Raum verließ verdrehte sie die Augen. Hoffentlich wurde das nicht zu einem Problem.

„Misha!", Lea lief hinter ihr her. Sie hatte wohl vor dem Klassenraum auf sie gewartet. „Ich wollte dich wegen der Gruppenarbeit ansprechen. Willst du bei uns mitmachen? Ich habe schon ein paar Themen im Auge. Wie wäre es mit der Unabhängigkeitserklärung von Mela oder etwas über Jaku, ich dachte an die Entwicklung der Religiosität oder so", plapperte Lea sehr fröhlich vor sich hin.

„Danke für das Angebot, aber aus logistischen Gründen muss ich das Projekt allein durchziehen", erwiderte Misha und zog ihre Jacke zu. Der Herbst klopfte bereits an, es wurde kühler.

„Oh, das wird Herr Marov nicht durchgehen lassen", lachte Lea überzeugt.

„Es wird schon gehen", murmelte Misha und sie gingen zusammen durch die großen Glastüren nach draußen. Es war Schulschluss und das Gebäude war so gut wie leer.

„Hmm, du weißt, dass wir ein Plakat machen müssen, je bunter, desto besser. Herr Marov liiiebt bunte Plakate", lachte Lea. „Und das wird schwierig in der Bibliothek", sie warf Misha einen bedeutungsvollen Blick zu.

Mishas Ehrgeiz war geweckt. „Woher weißt du überhaupt..."

„Lenn und Steev haben dich gesehen. Es ist okay", winkte Lea mit großer Geste ab. Alles an ihr war sehr ausdrucksstark.

„Wir treffen uns morgen Nachmittag für die erste Besprechung bei mir. Ich schicke dir die Adresse", Lea holte ihren Taschencomputer heraus. „Wie sind deine Kontaktdaten?"

„Mein Computer ist in der Reparatur", sie hustete in ihre Faust. Das machte das Lügen einfacher.

„Okay. Ich wohne in Klartal. Komm doch nach der Schule direkt mit. Dann essen wir erst zu Mittag und machen uns dann mit den anderen an die Arbeit."

„Ich...", Misha überlegte fieberhaft, wie sie die Einladung höflich ablehnen könnte.

„Also, abgemacht!", rief Lea und rannte davon, zu ihrer Haltestelle.

Die ganze Nacht wälzte Misha sich auf dem unbequemen Sofa hin und her und überlegte, wie sie aus der Sache wieder herauskommen könnte. Sie wollte keine Almosen, wollte keine Hilfen, wollte sich nicht erklären müssen, wollte generell nichts mit Leuten zu tun haben, die ihr zu nah kommen könnten und sie dadurch eventuell ‚verpfeifen' könnten. Lea wirkte nett, aber niemand wusste, welche Motive sie antrieben und aus Hilfsangeboten konnten schnell Übergriffigkeiten werden. Und Misha brauchte niemanden, der sich in ihre Angelegenheiten einmischte.

Sie war sehr müde, als sie sich am nächsten Morgen zur Schule schleppte. Es half nicht, dass ihre Essensvorräte sehr stark zur Neige gegangen waren und das Frühstück dadurch quasi ausgefallen war. Die letzten sauberen Kleidungsstücke hatte sie vor einer Woche angezogen und müffelte etwas. Das alles zog ihre Stimmung gehörig runter und sie überlegte, die Schule einfach ausfallen zu lassen. Und stattdessen? Es gab nicht wirklich eine überzeugende Alternative für sie, also hieß es ab zum Unterricht.

„Marc wird uns heute Mittag bekochen", nach Schulschluss heftete Lea sich an Mishas Fersen und zog sie mit sich, egal ob Misha wollte oder nicht. Dabei redete sie ununterbrochen. Das Mädchen hatte wirklich eine ungeheure Ausdauer. „Mein Vater Juri ist an der Uni, das Semester ist in vollem Gange und er kommt meistens spät nach Hause. Aber Marc nimmt sich ab und zu in der Mittagspause Zeit für uns. Also für mich und meinen Bruder Petr, aber der ist vor kurzem ausgezogen, also sind wir nur noch zu dritt."

„Ihr habt dieses Jahr ganz schön was durchgemacht", murmelte Misha und schaute nach unten.

„Das kannst du wohl sagen. Am schlimmsten war es, als Juri im Untergrund verschwunden ist und wir nicht wussten, ob er überhaupt noch lebte", seufzte Lea und für einen kurzen Moment verschwand das Lächeln aus ihrem Gesicht. „Es war wohl eine Schockreaktion, als er für einen Maana-kritischen Kommentar auf der Abschussliste des Konzerns stand. Den Druck hat er nicht anders aushalten können. Es spielten auch noch ein paar unverarbeitete Geschichten aus seinem Heimatland eine Rolle…"

„Wurdest du und dein Bruder dort geboren oder hier in Mela?", fragte Misha als sie gerade zur Bahn liefen.

„Wir beide kamen dort auf die Welt, ich war aber erst ein paar Jahre alt, als wir hierher kamen. Dann ist mein anderer Vater hier gestorben, ich kann mich an ihn leider nicht mehr erinnern", sie zuckte mit den Schultern.

„Hmm", murmelte Misha. Sie war Leuten aus ihrem Heimatland grundsätzlich skeptisch. Es hatte keinen bestimmten Grund, bloß so ein Gefühl. Vielleicht weil sie ihre Eltern anrufen könnten und ihnen verraten würden, wo Misha sich aufhielt? Bei Lea und Juri hörte es sich zwar nicht so an, als würden sie das machen, aber man wusste nie.

Lea schaute sie an, als würde sie sie fragen wollen, ob Misha auch aus Jaku kam, aber Misha setzte ihr abweisendes Gesicht auf, um die Frage gleich mental abzuwehren und Lea sagte nichts mehr.

Kurze Zeit später standen sie vor einer Reihenhaussiedlung, in dieser Ecke der Stadt war Misha vorher noch nie gewesen. Lea gab den Code ein und öffnete die Tür. Misha lief hinterher.

„Wir sind da", flötete Lea in die Küche, aus der brutzelnde Geräusche kamen und ließ ihre Schultasche fallen. Misha tat es ihr nach.

„Hallo ihr zwei", erwiderte jemand.

„Hier lang", Lea lief in das Wohnzimmer und sie setzten sich an den Esstisch. Sie fing an, etwas zu erzählen, aber Misha dachte nur daran, wann sie das letzte Mal an einem richtigen Tisch bei einem richtigen Mittagessen gesessen hatte.

Es war am Tag vor ihrer Abreise. Letzter Schultag vor den Ferien. Sie war in dem Haus ihrer Eltern, auch wenn diese nicht anwesend waren. Ihr großer Bruder hatte Pellkartoffeln auf den Tisch gestellt. Es hatte irgendwie immer Kartoffeln gegeben, aber es war okay, Misha aß sie gerne in allen Variationen. Von ihnen ging diese positive Energie aus, etwas Warmes und Erdiges.

Ihr Bruder hatte Misha angeschrien, wieso sie die Wäsche noch nicht aufgehängt hatte. Misha hatte besseres zu tun vor ihrer Abreise, aber das hatte sie ihm nicht gesagt, sondern ihren eisigen Blick aufgesetzt.

Vielleicht stand die nasse Wäsche immer noch da. Durch den Streit hatten ihre beiden sehr viel jüngeren Geschwister angefangen zu weinen. Misha versuchte sie zu trösten und abzulenken, aber es war aussichtslos. Es war dieses Weinen von Kleinkindern, das alles durchschnitt und unbarmherzig war. Misha fühlte sich wie so oft emotional erschöpft und konnte den Frust der Kleinen nicht auffangen. Sie schaute in ihre roten und feuchten Augen, in denen sich die Enttäuschung über das Leben zu sammeln begann. Irgendwann würden sie abstumpfen, wie sie. Und das wollte sie nicht miterleben, dann lieber die Koffer packen.

Das war das einzige, das noch Schmerz beim Gedanken an ihre Heimat verursachte, das Zurücklassen ihrer Geschwister, die nun ohne ihren Schutz weiter aufwuchsen. Aber hatte Misha nicht auch das Recht, sich den letzten Rest ihrer Lebensfreude zu schnappen und hierher zu bringen in der Hoffnung, er würde wieder wachsen und gedeihen und blühen und nicht jämmerlich sterben. Irgendwann, vor vielen Jahren, hatte sie mal so viel Phantasie und Frohsinn und Farben und Unbeschwertheit und Verbundenheit gehabt, das alles wollte sie wieder an die Oberfläche holen, auch wenn es jetzt dafür noch zu früh war.

Sie zuckte zusammen, als jemand sie am Ärmel berührte.

„Alles okay?", Lea beugte sich zu ihr vor.

„Sorry, ich war in Gedanken", Misha schüttelte ihren Kopf.

„Und hier kommt das Essen", eine dampfende Pfanne wurde auf den Tisch gestellt. „Ich bin übrigens Marc."

„Hi", erwiderte Misha und schaute zu ihm hoch. Es war der Sänger der Band, die sie bei ihrer Ankunft hier gesehen hatte. Sie konnte kaum glauben, dass er für sie gekocht hatte. Dass er mit Lea zusammenwohnte. Misha hatte sofort das Gefühl, völlig fehl am Platz zu sein. Nervös rutschte sie auf ihrem Stuhl hin und her.

„Es gibt gebratene Nudeln mit Hühnchen, ist das okay für dich?", Marc hob eine Augenbraue.

„Natürlich", Misha versuchte, sich wieder zu sammeln. „Ich habe dich auf dem Konzert gesehen."

„Ach so", Marc lachte erleichtert und begann zu essen. „Hat es dir gefallen?"

„Absolut", nickte Misha und nahm einen Bissen. Sie musste sich zusammenreißen, nicht zu gierig zu essen. Es schmeckte fantastisch.

„Mehr Sojasauce", murmelte Lea mit vollem Mund.

„Wir haben nicht so viel", schüttelte Marc entschieden den Kopf und Lea maulte. Misha schämte sich für das Anspruchsdenken ihrer Klassenkameradin.

„Misha, dann bist du schon länger in Mela?", fragte Marc höflich.

„Ich… seit dem Sommer", stotterte Misha und starrte auf ihren Teller.

„Marc wurde hier geboren, ein echter Einheimischer", erzählte Lea und Misha war froh, dass sie nicht mehr im Fokus stand.

„Das muss schön sein", murmelte Misha zwischen zwei Bissen.

Sie plauderten noch vor sich hin und dann war das Essen beendet, Marc verabschiedete sich.

„Er arbeitet bei der Stadtverwaltung und muss wieder ins Büro", erklärte Lea.

Misha seufzte. Marc würde wissen, dass sie nicht registriert war und bald würde die ganze Sache auffliegen. Würde man sie der Stadt verweisen? Eine sowieso schon allgegenwärtige Existenzangst erdrückte Misha aufs Neue. Sie ging ins Bad und schaute neidisch auf die Dusche. Warmes Wasser und Haare waschen wäre jetzt perfekt. Aber dazu kam es nicht. Sie betrachtete ihr blasses und schmales Gesicht im Spiegel. Nase zu groß, Augenbrauen dünn, Lippen schmal, Wangenknochen hoch, Augen fahl, Stirn bereits in jungen Jahren zerknittert vor lauter Sorgen.

Misha schüttelte den Kopf. Als sie wieder herauskam waren Lenn und Steev bereits da. Zusammen gingen sie in Leas Zimmer, welches bunt eingerichtet war, und machten es sich dort auf dem Teppichboden gemütlich. Misha versuchte möglichst Abstand zu halten, um niemanden olfaktorisch zu belästigen.

„Wie ihr wisst, habe ich schon ein Thema für uns herausgesucht", Leas Gesicht strahlte und sie tippte mit dem Stift auf die Unterlagen vor sich. „Ich muss Herrn Marov noch überreden, dass das durchgeht, aber ich glaube das passt schon", sie winkte ab. „Es geht um Religiosität in Jaku. Und da es ja etwas mit Politik und Wirtschaft zu tun haben sollte, machen wir das in Verbindung zu den religiösen Praktiken der Gegenwart. Hier sind ein paar Ideen dazu", sie teilte an alle Blätter mit Stichpunkten aus. „Also, was denkt ihr? Wir sollten die Themenbereiche etwas aufteilen, dann kann jeder etwas recherchieren und wir bringen das Ganze zusammen."

„Ich mache irgendwas zur Geschichte der Christianisierung oder so", verkündete Lenn.

„Ich zur Verbindung von Religion und Politik in der Gegenwart, also kannst du dich voll und ganz dem Einfluss von Maana auf Religion und Familienverhältnisse widmen, weil es dich ja so glücklich macht", erklärte Steev.

„Super. Seit der Geschichte mit meinem Vater lässt mich das nicht los", Lea seufzte. „Und du, Misha?"

„Mythologien", sagte Misha bloß.

„Hm?", hakte Lea nach.

Misha holte tief Luft. „Ich bereite einen Vortrag zu den Mythen und Sagen aus Jaku vor, zu dem magischen

Denken, dem Aberglauben, dem übrig gebliebenen magischen Glauben, der vor der Christianisierung herrschte."

„Und was hat das mit Politik und Wirtschaft zu tun?", frage Steev skeptisch.

„Das werden wir mal sehen", zuckte Misha möglichst beiläufig mit den Schultern.

„Wer weiß, vielleicht wird das Herrn Marov gefallen, er kommt doch auch aus deinem Land, dann könnt ihr euch austauschen über eure verrückten religiösen Praktiken", steuerte Lenn bei.

„Ist es bei euch so, dass ihr in diesen komischen Klamotten herumlauft und euch nicht wascht?", fragte Steev und setzte einen entsprechenden Gesichtsausdruck auf.

„Steev!", schimpfte Lea und sprang auf. „Sowas kannst du nicht sagen!"

„Es war eine ehrliche Frage, warum sonst ist sie so?", verteidigte er sich.

Misha lief rot an und spürte, wie alles in ihr sich zusammenzog. Das Essen vom Mittag hing wie ein schwerer Brocken in ihrem Körperinnerem. Sie stand auf und verließ das Zimmer. Suchte ihren Rucksack, ihre Jacke und ihre Schuhe zusammen.

„Es tut mir leid", Lea kam hinter ihr her.

„Du musst dich nicht entschuldigen, es stimmt ja, was er sagt. Du weißt es auch", Misha zog sich an.

Lea gestikulierte hilflos mit den Armen.

„Ich hab dir gesagt, es würde nicht funktionieren", Misha lief durch die Haustür und ließ sie hinter sich zufallen.

Sie rannte zur Haltestelle, kämpfte gegen die Tränen, aber es war aussichtslos, sie überrollten sie. Noch nie hatte sie sich so sehr geschämt. In ihrem Keller angekommen, rollte sie sich auf dem Sofa zusammen.

Der Schmerz drohte sie in tausend Teile zu zerschneiden. Ihr ganzes verrücktes Projekt, auf eigene Faust nach Mela auszuwandern, fiel vor ihren Augen zusammen. Das alles würde niemals klappen. Wenn sie schon bei den kleinsten Kommentaren so reagierte, dann würde sie nie die innere Stärke aufbringen, um das alles fünf Jahre, bis zu ihrer Volljährigkeit, auszuhalten. Das war so unfair.

Misha krümmte sich mehr und mehr und hatte Mühe, ihre Gedanken nicht in eine Richtung treiben zu lassen, die sich darum drehten, ihrem Leben ein Ende zu setzen. Nein, das war keine Option. Auch wenn es sich manchmal so anfühlte. Sie musste einfach diesen Tag und diese Nacht und diese Woche und diese Jahre durchhalten, so wie sie es zuletzt auch getan hatte.

Im Dunkeln stocherte sie nach irgendwas. Wenn sie in ihrem Heimatland hoffnungslos gewesen war und ihre Umgebung sich nicht ändern ließ, dann träumte sie sich manchmal weg. Dann lief sie barfuß durch die Felder, tauchte in kühle Seen oder löste sich einfach in tausend Wassertropfen in eine Wolke auf. Je absurder, desto besser. Das verschaffte ihr wenigstens für ein paar Momente eine Verschnaufpause.

Misha richtete sich wieder auf. Ihr war jetzt nicht nach Träumen zu Mute, aber sie konnte etwas anderes machen. Sie schnappte sich ihren Rucksack und machte sich auf den Weg zur Bibliothek. Wenn sie Glück hatte, konnte sie noch zwei bis drei Stunden etwas auf die Reihe bekommen. Sie würde ihr eigenes Plakat machen. Und sie würde sich nicht an die Vorgaben halten, sondern sich austoben, egal, was Herr Marov dazu sagte.

Atemlos rannte Misha zur Bahn und fuhr in die Innenstadt. Und sie würde auch inhaltlich über die Stränge schlagen. Mit Mythologien aus Jaku kannte sie sich ganz gut aus. Auch wenn nicht alles Wissen den Standards von Herrn Marov gerecht werden würde, er müsste damit leben. Sie würde das Thema minutiös ausarbeiten und eine Präsentation abliefern, mit der die anderen vielleicht nichts anfangen konnten, die aber ihren eigenen Bedürfnissen gerecht werden würde.

Als sie in der Bibliothek angekommen war, machte sie sich gleich an die Arbeit. Misha brauchte einfach nur ein Ziel, einen ungewöhnlichen Weg dahin, jede Menge Farben, Phantasie und dieses seltsame Gefühl, die Realität durchbrechen zu können, ihre Welt zu erweitern um weitere Dimensionen und Facetten, in den Grenzbereich einzutauchen von dem, was als akzeptabel angesehen wurde. Dort lungerten meist spannende Gestalten, verrückte Geschichten, ungewöhnliche Zusammenhänge und skurrile Eigenheiten von Welt, die Misha immer wieder aufs Neue aus ihrem drögen Leben herausheben konnten und ihr klar machten, dass es mehr gab als die offensichtlichen Zusammenhänge und Erzählungen. Dann war sie nicht mehr das kleine schüchterne Mädchen, sondern jemand mit einem scharfen Verstand und einem Ehrgeiz, der Berge versetzen konnte.

So arbeitete sie mehrere Stunden an dem Projekt und fand, dass eine wunderbare Dialektik darin steckte, die wirren Mythologien von Jaku in einer maximal ordentlichen und peniblen Form darzustellen, welche Tabellen und Auflistungen, wissenschaftliche Nachweise und psychoanalytische Auseinandersetzungen beinhielt. Chaotischer Inhalt, saubere Form. Misha war sehr zufrieden.

Am nächsten Morgen kam es, wie es kommen musste. Steev wollte sich unbedingt bei ihr entschuldigen.

„Es tut mir leid, es war nicht so gemeint", quetschte er hervor, als sie vor dem Klassenraum standen und knetete dabei seine Hände. Misha war sich nicht sicher, ob er wirklich reumütig aussah.

„Es ist schon in Ordnung", Misha zuckte mit den Schultern und wandte sich von ihm ab.

„Wir sollten das Projekt trotzdem zusammen weiterverfolgen", kam er ihr hinterher, auch Lea und Lenn waren auf einmal da.

„Wenn es um dein schlechtes Gewissen geht, dann sei unbesorgt, ich bin nicht nachtragend und wir können von nun an alle unsere eigenen Wege gehen", erklärte Misha und stützte sich mit dem Rücken an der Wand ab.

„Okay, aber wäre es nicht viel besser, wenn wir das Projekt weiterhin zusammen machen und uns so gegenseitig unterstützen?", schaltete sich Lea ein.

Misha dachte kurz darüber nach, dann verengte sie die Augen und fixierte Lea. „Was ist deine Motivation bei dieser Sache, warum bist du so erpicht darauf, mich dabei zu haben? Gibt es dir eine Genugtuung, helfen zu können? Ich brauche dein Mitleid nicht, ich komme allein zurecht."

Lea öffnete ihren Mund und hielt inne, sie suchte wohl nach Worten. Dann kam Frau Schulte und sie strömten alle in den Klassenraum.

Das Gespräch hatte Misha etwas aufgewühlt und sie bemühte sich, ihre Fassung wieder zu erlangen. Da kam es ihr gerade recht, ihre Energie in die makellose Erfüllung ihrer schulischen Aufgaben zu stecken. Das hatte in ihrem Heimatland schon ganz gut funktioniert. In ihren Heften und Notizen kreierte Misha kleine Miniaturabbildungen von Welt, in denen kleine Teile von dem großen Ganzen, das sie umgab, festgehalten und für einen kleinen Moment eingerahmt und bewundert wurden: Das sind unechte Brüche. So läuft Fotosynthese ab. Deswegen beherrschen Konzerne die Welt. Dieser Maler hat den Futurismus maßgeblich vorangetrieben. In diesem Erdzeitalter fand das Massensterben statt. So funktionieren Intervalle. Und so weiter.

Und dann waren da noch die vielen feinen verrückten Details, die bei jedem Thema mitschwangen. Als ob hinter der Welt immer ein Quellcode mitlief, den sie entschlüsseln und lesen konnte. Es war eine unendliche Abfolge von Zahlen, Buchstaben, Worten, Symbolen und Satzzeichen, aber auch nicht mit einer eindeutigen Interpretation zu verstehen, sondern immer wieder neu zu erschließen. Und Misha versenkte gerne ihre Finger darin und bastelte an dem Quellcode mit. Bisweilen entstanden so auch neue Realitätsebenen. Wenigstens für kurze Zeit.

„Ich habe darüber nachgedacht, was du gesagt hast", Lea war auf dem Nachhauseweg neben ihr. „Es stimmt vielleicht, ich wollte dir helfen, dir unter die Arme greifen. Aber würdest du nicht dasselbe tun wollen in meiner Situation?"

„Vielleicht", erwiderte Misha.

„Aber ich mag dich auch. Lass uns nächste Woche noch einen Anlauf für ein Treffen nehmen, okay? Wir können dann zusammen abgleichen, was wir erarbeitet haben."

„In Ordnung", seufzte Misha.

-5-

Als Misha das nächste Mal bei Lea zu Besuch war, war sie nicht mehr so nervös und freute sich insgeheim über das warme Mittagessen, das sie sicherlich bekommen würde. Sie betraten zusammen das Haus und legten im Eingang ihre Kleidung und Taschen ab. Misha atmete die Wärme ein, die sie umgab, denn mittlerweile war es tagsüber und besonders nachts kühl geworden und Misha fror fast immer in ihrem unbeheizten Keller. Sie setzten sich an den Tisch und Misha legte ihre Hände um die dampfende Tasse Tee, die vor ihr stand.

„Das ist Juri, mein Vater", sagte Lea und zeigte auf einen Mann, der an den Tisch zu ihnen kam. Er hatte graubraune Haare, eine Brille, trug ein Hemd und hatte auf dem Gesicht einen nachdenklichen Blick.

„Hallo", begrüßte er sie und setzte sich zu ihnen. Im nächsten Moment kam Marc mit einem Reis-Gemüse-Auflauf vor sich her tragend.

Alle unterhielten sich, doch Misha wurde das Gefühl nicht los, dass etwas in der Luft war. Etwas, das mit ihr zu tun hatte. Und es war nichts Gutes. Wieso sonst sollten beide Erwachsene, die Vollzeit arbeiteten, zum Mittagessen anwesend sein? Misha hing ihren Gedanken nach und sagte nicht viel. Das Essen schmeckte auf jeden Fall vorzüglich.

„Misha, wir wissen, dass du dich unregistriert in Mela aufhältst", sagte Marc plötzlich und alle wurden still.

„Es ist auch an sich kein Problem, es gibt kein Gesetz, das es dir verbietet", sprang ihm Juri bei und legte seine Brille vor sich auf dem Esstisch ab. „Es ist nur so, deine

Eltern haben dich als vermisst gemeldet und es gab eine formelle Anfrage, ob du in unserer Stadt gesichtet wurdest", er verzog gequält das Gesicht.

„Wir haben auf diese Anfrage noch nicht reagiert", übernahm Marc. „Aber es gibt da ein Dilemma: Wenn ich als Mitarbeiter der Stadtverwaltung angebe, dass du dich hier aufhältst, dann heißt es, Mela hält eine Minderjährige von ihren Eltern fern. Wenn ich sage, dass du nicht hier bist und es kommt doch heraus, dann gibt es wieder ein politisches Fiasko", er schaute bedeutungsvoll zu Juri rüber. „Und es sind ja nicht nur wir, die dich gesehen haben, da sind deine LehrerInnen, die SchülerInnen und so viele andere Leute. Früher oder später…"

„Ich werde nicht zurückgehen", Misha verschränkte die Arme vor sich und lehnte sich zurück.

„Du kannst in fünf Jahren, sobald du volljährig bist, zurückkommen", schlug Marc entschuldigend vor.

„So lange werde ich es in diesem Irrenhaus nicht aushalten", brummte Misha.

„Ich kann mir vorstellen, wie es dir dort gehen muss", sagte Juri sanft.

„Ja, du bist aber erwachsen", erwiderte Misha in einem ungewollt schärferen Ton. „Ich habe meine Entscheidung getroffen, es gibt so oder so kein Zurück für mich."

Es wurde still und sie alle schauten sich wortlos an. Lea kaute auf ihrer Unterlippe und schien fieberhaft zu überlegen.

„Ich werde eine Antwort auf die Anfrage deiner Eltern so lange wie möglich verzögern", bot Marc schließlich an. „Aber ich weiß nicht, wie weit ich das hinausschieben kann."

Es klingelte an der Haustür und Lea stand auf, um Steev und Lenn zu begrüßen. Marc machte sich daran, den Tisch abzuräumen.

„Juri, ich wollte dich noch etwas fragen", murmelte Misha und lehnte sich zu ihm vor. Er zog die Augenbrauen hoch. „Ich weiß, ich bin erst in der siebten Klasse und noch weit von meinem Schulabschluss entfernt... Aber...", sie räusperte sich und senkte die Stimme, „mein größter Traum ist es, ein Studium bei dir zu absolvieren, vielleicht jetzt schon damit zu beginnen", sie lachte nervös. „Und dann meinen Abschluss zu machen, wenn ich alt genug bin, verstehst du?"

„Oh", sagte Juri bloß und fuhr sich mit der Hand durch das Gesicht.

„Ich bin eine sehr gute Schülerin und würde mir die größte Mühe geben, mit dem Stoff mitzuhalten. Du weißt, unter den Unangepassten von uns in Jaku bist du eine absolute Koryphäe, du wirst fast heldenhaft verehrt..."

Juri winkte peinlich berührt mit der Hand ab.

„Und ich habe alles von dir gelesen, was mir unter die Finger kam. Ich liebe deine Theorien, ich liebe Verbindungen und Strömungen und Resonanz", Misha spürte, wie ihr warm wurde. „Deine Schriften waren für mich immer wie ein Fenster in eine andere Welt, die mir die Hoffnung und Zuversicht gaben, dass ein anderes Leben möglich ist."

Sie spürte wie ihr Herz heftig klopfte und sie mit ihren Händen auf dem Tisch unruhig hin und her fuhr.

„Bist du deswegen nach Mela gekommen?", fragte er.

„Es war nicht der Hauptgrund. Ich möchte endlich ein freies eigenes Leben führen. Wenn das Studium nicht möglich wäre, würde ich trotzdem hier bleiben wollen und schauen, in welchem anderen Bereich ich mein Glück finde."

„Okay. Ich lasse es mir durch den Kopf gehen. Es ist eine ungewöhnliche Anfrage, aber ich schaue, wie wir es realisieren können. Vor allem, weil du gar nicht hier sein dürftest", er schaute mahnend.

„Danke", Misha stand auf und lief in Leas Zimmer, wo Steev und Lenn auf sie warteten.

Es fiel Misha schwer, sich auf das Referat zu konzentrieren, mit all den neuen Informationen. Ihre Eltern suchten also nach ihr. Es war zu erwarten gewesen. Sie als Kind war ihnen nicht egal gewesen, keineswegs. Sie war eine wichtige Komponente bei der Kinderbetreuung und ihre Eltern hatten sie genuin geliebt, sie hatten sich wohl einfach darin überschätzt, wie viel Arbeit es bedeutete, Kinder zu haben und Kinder groß zu ziehen. Nicht nur in Bezug auf Zeit und Geld, sondern auch wie viel emotionale Arbeit notwendig war. Und das konnten sie nicht erbringen. Sie waren immer schon beide extrem distanziert gewesen, auch gegenüber sich selbst und einander.

Misha musste nicht lange raten, woher das kam, wenn sie an ihre Großeltern dachte. Für sie war auf jeden Fall klar, dass sie diese Abfolge von Lebenskonzeptionen nicht fortschreiben wollte. Etwas musste sich ändern. Ob sie davon träumen durfte, die nächsten fünf Jahre bis zu ihrer Volljährigkeit in Mela zu verbringen, das war eher unwahrscheinlich. Aber sie wollte es wenigstens versucht haben.

„Misha, was hattest du für die Präsentation vorbereitet?", Lea riss sie aus ihren Gedanken.

Misha wurde der Unterlagen in ihren Händen wieder bewusst und blätterte darin herum, um ihren Beitrag herauszusuchen.

„Ich habe mich mit den Mythologien aus Jaku beschäftigt", sie räusperte sich und überflog die von ihr ausgearbeiteten Notizen, „und habe versucht das Thema von allen Seiten zu beleuchten. Es gibt die Lesart, bei der man sich auf die Geschichten selbst einlassen kann und wirklich glauben kann, dass es einen Hausgeist gibt, dass in den wilden Flüssen weibliche Gestalten leben, die wunderschön singen können, dass durch den Wald ein männliches Wesen zieht und arglose Wanderer vom Weg abbringt. Diese Lesart hat eine…", sie schaute sich im Raum um und suchte nach den richtigen Worten, „… eine naive, eine fast kindliche Komponente, was aber nicht abwertend gemeint ist, es ist irgendwie einfach nicht ausreichend für unsere Zwecke. Natürlich kann man auch die rationale Perspektive einnehmen, die mythischen Erzählungen sind dann eine bloße Kompensation für die Komplexität der Welt, die Leute wollen eine Erklärung für Geschehnisse finden, die schwer zu begreifen und zu verarbeiten sind. Zum Beispiel: Ein Kind ertrinkt in einem Fluss, die ganze Familie erkrankt plötzlich an einem schweren Infekt, die Ernte verdirbt, jemand geht beim Pilzesammeln verloren oder stirbt nach dem Genuss einer giftigen Frucht und so weiter. Diese ganzen Geschichten über Geister, Götter, Kräfte und Strömungen sind dann eine psychologische Hilfestellungen, um das Unbegreifliche zu begreifen. Aber…", sie hielt eine Hand hoch und hielt inne, ihre Gedanken waren nicht mehr an die Blätter vor ihr gebunden, sondern ganz weit weg, „…ist das nicht auch eine allzu reduzierte Sichtweise? Fehlt da nicht etwas?", sie rieb

Zeigefinger und Daumen aneinander und verengte die Augen. „Ich finde, wir müssen bei diesem Thema noch etwas anderes sehen. Wäre es nicht spannend zu eruieren, inwieweit die Mythologien eine Erweiterung von Realität darstellen. Sie sind so gesehen Zugang zu einer schwammigen Sphäre, in der Träume, Wünsche, Hoffnungen, Sehnsüchte, Widersprüche, Imaginationen, Tagträume, Rätsel stattfinden, es ist die Sphäre, die traditionell von Religion besetzt ist, vielleicht ist die Religiosität in Jaku deswegen so stark? Sie steht auf einem Fundament der Mythologien, die in den Jahrhunderten vorher so stark verbreitet waren und jetzt noch am Rande ihr Dasein fristen. Ich finde sie aber sehr viel offener und weniger repressiv, weniger politisch instrumentalisiert als die Mythen. Sie lassen mehr Spielraum für Kurioses, moralisch zweifelhaftes Verhalten und die Anerkennung von einer größeren Bandbreite an Verhalten und Gefühlen als die aktuelle Manifestation von Religion in Jaku. Ich glaube, insbesondere dieser Aspekt des Diffundierens von Realität geht aktuell vollständig verloren. Und an dieser Schnittstelle muss mehr Forschung betrieben werden, das muss endlich raus aus der Esoterikecke, denn der fluide Charakter von Realität ist längst eine Tatsache, die in den Gesellschaftswissenschaften eine größere Auseinandersetzung erfahren muss."

Misha legte ihre Unterlagen auf den Boden vor sich ab. Ihr Kopf schwirrte etwas und ihr Mund fühlte sich trocken an.

„Ach du meine Güte", hörte sie hinter sich. Im Türrahmen stand Juri, die Arme vor sich verschränkt, ein Lächeln auf den Lippen.

„Juri, was machst du hier, das ist *meine* Referatsgruppe", rief Lea empört.

„Ich bin bloß an deinem Zimmer vorbeigelaufen", er hob entschuldigend die Hände.

„Raus hier", murmelte Lea und Juri verschwand.

„Das war...", Steev hob skeptisch die Augenbrauen. „Sehr eigen. Herr Marov wird es hassen, denn er kann philosophische Beiträge nicht leiden, viel zu viel Blabla."

„Soll ich es ändern? Es ist sowieso noch nicht vollständig ausgearbeitet", fragte Misha.

„Nein", rief Lea.

„Wir müssen wohl damit leben", Lenn schüttelte den Kopf und Misha ahnte, dass er auch nicht ganz so begeistert war. „Wir müssen nur schauen, wie wir den Beitrag sinnvoll mit den anderen verbinden."

Sie diskutierten noch einige Zeit und schlossen die Vorbereitungen schließlich ab. Mit einem Kopf voller neuer Ideen ging Misha schließlich nach Hause.

Obwohl sich die Aussichten für ihren Aufenthalt in Mela verschlechtert hatten, spürte Misha dennoch, wie sie beschwingt die Straßen entlangeilte. So war das immer, wenn sie sich von etwas inspiriert fühlte, es war wie eine Strömung, die sie mitriss und der sie nur zu folgen brauchte.

An manchen Tagen glaubte sie diese Verbindung verloren zu haben, so als würde sie nichts mehr begeistern und dann tauchte ein Funke auf, der alles in leuchtende Farben zu verwandeln schien. Sie hörte Melodien um sich herum, spürte, wie ihre Füße beim Laufen tänzelten und dann begann sie zu träumen, von einem erwachsenen Leben unter ihren eigenen Regeln, von einer eigenen kleinen

Wohnung, die sie bis ins letzte Detail liebevoll einrichten würde, von einem Partner, der für sie da war und mit dem sie immer wieder in einem fruchtbaren Austausch stehen würde, von Unabhängigkeit und Freiheit, von Büchern, die sie schreiben, von Bildern, die sie malen, von Veranstaltungen, die sie organisieren würde.

Und dann wurde sie immer etwas traurig. Denn die Verwirklichung dieses Traums war noch sehr weit weg, es waren noch Jahre, ein halbes Jahrzehnt, zu überwinden und aktuell hauste sie in einem Kellerloch und kannte niemanden, mit dem sie sich vertrauensvoll über ihre Situation austauschen konnte.

-6-

Von diesem Tag an wechselte Misha ab und zu ein paar Worte mit Lea und fühlte sich in der Schule immer wohler. Es war ein Komfort-Ort geworden, an dem sie irgendwie ihren Platz gefunden hatte, auch wenn Lenn und Steev ihr immer wieder komische Blicke zuwarfen.

Es war bestimmt Lea, die immer wieder etwas Leckeres in Mishas Rucksack schmuggelte, ob es jetzt Blaubeermuffins oder Teigtaschen waren. Niemand von ihnen sprach darüber und Misha war sich nicht sicher, ob sie nicht zu stolz war, um es zu akzeptieren, aber das Unausgesprochene machte es einfacher für sie, die Köstlichkeiten zu essen und nicht weiter darüber nachzudenken.

Und dann kam der Tag des Referats. Misha war mit einem unguten Gefühl aufgewacht, sie fühlte sich gerädert und nur mit halben Fuß in der Welt. Mit vernebeltem Kopf schleppte sie sich in die Schule. Lea begrüßte sie vor dem Gebäude und schaute sie besorgt an.

„Wir sind gut vorbereitet, das wird schon", murmelte Misha und strich eine Strähne ihrer ungewaschenen Haare hinter das Ohr.

„Oh", Lea schüttelte den Kopf. „Darüber mache ich mir keine Sorgen."

„Was ist es dann?"

„Kann man es mir ansehen, dass etwas nicht stimmt?"

„Nein, aber ich bin es gewohnt um Leute herumzuschleichen und ihre Stimmungen zu erraten, wenn sie nicht mit mir sprechen. Hab es sozusagen mit der Muttermilch aufgesogen", erwiderte Misha lapidar, auch wenn sie vorher noch nie so offen über ihre Herkunft gesprochen hatte.

„Was ist mit euch?", Lenn kam dazu.

„Seid ihr fit für das Referat?", Steev war auch da und alle redeten durcheinander. Langsam diffundierten sie in das Gebäude und den Klassenraum, bis schließlich Herr Marov den Unterricht eröffnete.

Und dann kamen sie nach vorne und absolvierten ihre Präsentation, indem sie sich geschickt gegenseitig die Stichworte zuwarfen, Bilder und Textabschnitte an die Tafel projizierten, ihre Plakate ausrollten und am Ende ein paar Fragen stellten, die zum Nachdenken anregen sollten.

„Mir ist nicht ganz klar, was das alles mit Politik und Wirtschaft zu tun haben soll?", warf jemand ein, als die anschließende Diskussion begann.

Herr Marov, der die ganze Zeit mürrisch geschaut hatte, murmelte zustimmend.

„Wir haben ja über die verschiedenen Praktiken in Bezug auf Krankheiten, Geburt oder Tod gesprochen", Misha setzte sich vorne auf den Lehrerschreibtisch. „Diese waren in Jaku sehr weit verbreitet, bis eine alles einnehmende Religiosität sich über den Kontinent ausbreitete und diese kam nicht zufällig", sie hob den Zeigefinger, „zu der Zeit der Ökonomisierung, wie wir sie heute kennen: vorherrschend sind große Konzerne, die Politik und Gesellschaft aushöhlen und mit neuen Werten der Effizienz und Produktivität füllen. Dafür war die Mythologie als Grundlage der Gesellschaft störend, sie wurde durch eine zentralisierte Religion ersetzt, deren Inhalte sich zufällig mit denen von Maana, dem größten der Konzerne, deckten", sie stand wieder auf und lief ein paar Schritte. „Ich will die alten lokalen Glaubenssätze auch nicht wiederbeleben, denn das wäre die reinste Esoterik. Aber wir möchten dafür sensibilisieren, dass vor der Gesellschaftsordnung, wie wir sie jetzt kennen, die Menschen auf eine nicht mehr vorstellbare Art und Weise mit ihrer Umgebung verbunden waren. In dieser Vorstellung hatten periphere Praktiken wie Blicke, Winde, Wolken, Bäume, Worte und Begegnungen eine Bedeutung, eine Relevanz und Resonanz, die die Menschen in ihrer Welt sowohl fest verankerten, als auch eine Verbindung zu einer Sphäre ermöglichte, die über sie hinausging, die größer war als ihr eigenes Bewusstsein und das, was sie sehen und hören und berühren konnten. Und das ist genau das, was aktuell, ohne dass wir den Finger darauf legen können, abgeschnitten wird. Statt dessen steht heutzutage die Verurteilung von sogenannten Sünden und das Hochloben von Frömmigkeit auf der Tagesordnung. Also eine klassische Aufteilung in Gut und Böse."

„Eine gewagte Gedankenspielerei", empörte sich Herr Marov und kam nach vorne, das Zeichen, dass die Referatsgruppe auf ihre Plätze gehen sollte. „Und nichts als Spekulation. Ihr habt wohl zu viel Juri Myslitel gelesen", er setzte sich an seinen Schreibtisch. „Seine Thesen sind höchst umschritten und entsprechen ganz sicher nicht den Anforderungen unseres Lehrplanes."

„Es ging uns nicht um seine Theorien, sondern um Systemkritik", unterbrach Misha ihn.

Herr Marov erwiderte nichts darauf, sondern warf ihr bloß einen Blick zu, der töten konnte.

Lea, die vor Misha saß, drehte sich zu ihr um. „Was ist bloß sein Problem?", flüsterte Misha ihr zu.

„Er hasst Gesellschaftskritik", flüsterte Lea zurück und Misha verdrehte die Augen.

Der Rest des Schultages rauschte an Misha vorbei, und als sie endlich fertig und auf dem Nachhauseweg war, kam Lea zu ihr.

„Es gibt schlechte Nachrichten", Lea verzog das Gesicht. „Juri und Marc wollten mit dir sprechen."

„Ist es wegen meinen Eltern?"

„Hier", Lea zog ihren Taschencomputer heraus und tippte auf ihm herum. Sie waren zusammen an der Bahnhaltestelle angekommen und warteten auf die Bahn, die schon heraneilte.

„Es ist nur ein kleiner Artikel, ist von den großen Plattformen noch nicht aufgegriffen worden, aber das ist wahrscheinlich nur eine Frage der Zeit", Lea drückte ihr das Gerät in die Hand, als sie im Waggon Platz nahmen.

Lea überflog den Text, in dem es darum ging, dass sie selbst vermisst gemeldet war und sich wahrscheinlich in Mela aufhielt, die Stadt sich aber weigerte, über sie Auskunft zu erteilen und ihre Eltern nun weitere Schritte prüften, um Mishas Rückkehr zu veranlassen. Der kurze Artikel war mit einem Foto versehen, in dem ihre Eltern beide traurig in die Kamera blickten und ein Foto von Misha vor sich hielten, auf dem sie ungefähr acht Jahre alt sein musste und in einem Blumenkleid und breitem Lächeln strahlte.

„Wie lächerlich", Misha gab Lea das Gerät zurück. „Die beiden hätten mal dieses Gesicht aufsetzen sollen, als ich sie mehrfach darum gebeten hatte, mir zuzuhören oder mich woanders wohnen zu lassen. Das war denen schon immer egal gewesen. Ich nehme ihnen das nicht ab. Sie machen diese Show für die anderen."

„Was wirst du jetzt machen?"

Misha seufzte. „Ich habe einen Plan B, aber ich wollte ihn eigentlich möglichst nicht umsetzen", ihr Blick verschwand in der Ferne. Wut stieg in ihr hoch. Immer noch musste sie, um es anderen Recht zu machen, sich klein machen und sich unterordnen, ihre Bedürfnisse weit in die Zukunft verschieben. Immer war noch nicht die Zeit, nicht der Ort, nicht die Menschen, die sie brauchte und die sie brauchten. Immer noch stolperte sie durch die Welt, auch wenn sie dachte, Fuß gefasst zu haben.

Schweigend liefen sie zu Leas Haus und öffneten die Tür. Sofort hörte man lautstarke Diskussionen aus dem Wohnzimmer.

„...nicht einfach so zulassen..."

„Was soll ich machen? Sag du es mir."

„Du weißt, es gibt immer Möglichkeiten. Wenn wir uns jedes Mal beugen, wird sich nie etwas ändern", das war Juris Stimme.

„In diesem Fall ist die Situation eine andere und du weißt das auch", entgegnete Marc.

Lea und Misha traten in den Türrahmen des Wohnzimmers.

„Kannst du die Konsequenzen wirklich verantworten?", rief Juri. „Was ist, wenn ihr etwas zustößt?"

„Ich...", setzte Marc an, sein Blick landete aber auf Lea und ihr.

„Du hast es schon gehört?", fragte Juri und setzte sich auf das Sofa.

„Ich habe gehofft, es würde nicht so weit kommen", Misha fühlte sich plötzlich sehr fragil und schniefte. Mit einem Mal wurde ihr bewusst, dass ihre Zeit vorerst *wirklich* zu Ende war. Sie würde morgen nicht zur Schule gehen. Das war's.

„Du weißt, wir würden eine politische Krise riskieren, wenn wir zulassen, dass du dich weiterhin in Mela aufhältst", sagte Marc entschuldigend und setzte sich auf einen Stuhl am Esstisch.

„Du musst nicht…", setzte Juri an, doch Misha unterbrach ihn.

„Es ist okay, niemand muss sich für mich aufopfern. Ich werde heute oder spätestens morgen abreisen", erklärte Misha und lehnte sich in den Türrahmen.

„Du gehst nach Hause?", Juri schluckte.

Misha schüttelte den Kopf. „Das ist völlig ausgeschlossen."

„Aber dann?", Lea schaute sie mit großen Augen an.

Misha holte ihre Schuhe und ihren Rucksack. Sie wollte es nicht dazu kommen lassen, dass jemand ihr ihren Plan ausredete, also zog sie sich an und machte sich bereit fürs Gehen.

„Gibt es eine Möglichkeit, dass ich Zugriff auf die Materialien des Studiums habe, durch die Lernplattform der Uni?", fragte Misha und schaute Juri an.

„Selbstverständlich", er nickte. „Ich werde alle Vorlesungen und Seminare online stellen, du kannst von allen Orten der Welt darauf zugreifen. Du kannst nur keine Prüfungen absolvieren."

„In Ordnung, das reicht mir. Das wird mich die nächsten fünf Jahre intellektuell über Wasser halten. Danke. Ich habe gesehen, dass ich auch Zugang zu den Lehrplänen der Schule habe", sie atmete tief ein und aus. „Denn dort, wo ich hingehe, wird es keine Schule geben", sie kratzte sich am Kopf. „Ich werde als Mitarbeiterin auf einem Containerschiff anheuern. Sie verkehren auf internationalen Gewässern, da haben meine Eltern keinen

Zugriff und keine Handhabe, niemand muss mich ausliefern. Sobald ich achtzehn bin, werde ich zurückkehren und meine Abschlüsse ablegen."

„Was?", brachte Marc hervor.

„Nehmen die überhaupt Kinder?", fragte Juri.

„Ist das nicht zu gefährlich?", murmelte Lea.

„Angesichts der Optionen, die ich habe, ist das noch die beste Möglichkeit für mich", Misha presste ihre Lippen fest aufeinander.

„Es muss noch andere Wege geben", warf Marc ein. „Du könntest in Jaku in eine Wohngruppe oder in einer anderen Familie leben."

„Das wird nicht klappen. Meine Eltern geben keine Ruhe und ich habe nicht den Nerv, mich mit neuen Eltern oder Betreuungspersonen auseinanderzusetzen. Meine Entscheidung steht fest. Ich will es allein schaffen, also werde ich mich durchbeißen", sie drehte sich zum Gehen.

„Warte", Juri kam hinter ihr her. „Können wir sonst noch etwas tun?"

„Nein", Misha schüttelte den Kopf. „Außer das, um was ich dich gebeten hatte."

„Melde dich, damit wir wissen, dass alles okay ist", Marc kam auch zur Tür.

„Lieber nicht. Wer weiß, vielleicht kommt die Kontaktaufnahme ans Licht und dann heißt es, Mela hat das alles zu verantworten. Lebt euer Leben weiter, vielleicht sehen wir uns in ein paar Jahren", sie lächelte schwach und verschwand aus der Tür.

-7-

Am nächsten Morgen reiste Misha ab. Sie nahm all ihren Überlebenswillen, ihren Mut und die wenigen Sachen und stieg in den nächsten Zug Richtung Westen, der sie zu einer großen Hafenstadt brachte. Dort meldete sie sich bei einer der hiesigen Reedereien und gab an, sechzehn Jahre alt zu sein. Niemand fragte nach ihrem richtigen Namen oder einem Ausweis und man heuerte sie als Reinigungs- und Servicekraft an.

Ihre Hände wurden rauer.
Ihre Haare kürzer.
Ihre Sorgenfalten tiefer.

Sie lernte drei neue Sprachen.
Sie lernte sehr viele neue Schimpfwörter.
Sie lernte Selbstverteidigung.

Schwimmen konnte sie immer noch nicht.
Kochen war immer noch ein Fremdwort.
Freunde fand sie nicht.

Was sie fand:
Ungewöhnliche Lösungen für ungewöhnliche Probleme.
Mentales Durchhaltevermögen.
Unendlich viele Rätsel des Lebens.

Deswegen brauchte sie immer und immer wieder sehr viel: Phantasie.

-8-

Und als dann der Tag kam, an dem sie volljährig wurde, schnürte sie ihren Seesack zu, hievte ihn sich auf den Rücken und haute wieder ab Richtung Mela.

Ihr zweiter „erster Tag" in Mela wurde nicht von einem fulminanten Konzert im Stadtpark eingeläutet, sondern von verspäteten Zügen, Nieselregen und einer alkoholisierten Person, die ihr in der autonomen Bahn nachstellte.

Mitten in der Nacht im beginnenden Herbst kam Misha schließlich zu dem Verwaltungsgebäude, bei dem sie sich laut Auskunft bei ihrer Ankunft melden sollte und setzte sich in den Eingang auf ihren Seesack. Sie brauchte umgehend eine Unterkunft und einen Computer, um ihr Leben hier auf die Reihe zu bekommen, also hieß es warten, bis die Abteilung öffnete.

Als sie so dasaß, spürte sie, wie erschöpft sie war. Ihr Körper sank einfach in sich zusammen, ihr Kopf fiel nach hinten. Die dunkle Stadt vor ihr war bewegungs- und ausdruckslos. Im Gegensatz zu ihrem Ankommen vor fünf Jahren hegte sie diesmal keine romantischen Gefühle gegenüber Mela. Es war nicht das Land der Verheißung und ihrer unerfüllter Träume. Aber es war *ihre* Stadt, das hatte sie all die Jahre, die sie im Exil verbringen musste, gewusst. Hier hatte sie sich immer gesehen, wenn sie an ihre Zukunft gedacht hatte. Wie sie durch die dunklen Straßen stromerte, wie sie hier ihre Wohnung bezog, ein Zuhause nach all den Jahren Unstetigkeit, wie sie hier arbeitete und vielleicht auch Freunde fand.

Misha musste eingeschlafen sein, aber in ihren Gedanken lief sie immer noch durch die Nacht und suchte nach den Farben, die ihr schon so lange verloren gegangen waren. So viel in ihrem Leben war mittlerweile ein Dunkelgrau, Schwarz und schwammig und verwaschen. Ein sattes Grün oder leuchtendes Rot hatte sie schon lange nicht mehr gesehen und gespürt. Und dann verwandelten sich die Straßen in ein schwankendes Gefährt, das durch die Ozeane trieb und keinen Ort hatte, sondern von Hafen zu Hafen schipperte. Über ihr der graue Himmel, unter ihr der graue Himmel, es war alles eins geworden.

Misha schreckte auf, als sie angesprochen wurde.

„Kann ich dir helfen?", fragte eine Frau mit farblosen Haaren, welche nicht zu ihrem jungen Aussehen passten. „Bist du neu hier? Ich bin Neev, du kannst mit mir kommen."

Misha rappelte sich auf und rieb sich die Augen, streckte kurz ihre steifen Muskel.

„Ich bin heute Nacht angekommen und bräuchte eine Wohnung. Und einen Computer. Und müsste mich anmelden, um meinen Schulabschluss nachzuholen. Eventuell auch das Studium, wenn das klappt. Könnte dann auch sofort arbeiten, nach den Prüfungen meine ich", ratterte sie runter.

„Okay, okay", lachte Neev und schloss das Gebäude auf, sie liefen zusammen durch das Treppenhaus in den fünften Stock. „Eins nach dem anderen. Erstmal kannst du ein paar Formulare ausfüllen, ich schaue in der Zwischenzeit, wie es mit einer freien Wohnung aussieht. Bist du eine Einzelperson?"

Misha nickte und legte ihre Habseligkeiten in Neevs Büro ab, setzte sich an einen Tisch. Begann ein paar der Dokumente zu bearbeiten. Neev setzte sich an ihren Computer und tippte darauf herum.

„Ich könnte dir spontan eine Wohnung im alten Industriegebiet anbieten, es ist etwas ab vom Schuss", sie verzog kurz das Gesicht, „falls du mehr im Zentrum leben möchtest, müsstest du warten, bis mein Kollege Marc da ist, er ist normalerweise für die Verteilung zuständig, vielleicht hat er noch etwas…"

„Nein, nein, das ist perfekt", nickte Misha. Der Name von Marc löste kurz ein Stich in ihr aus, den sie sogleich wegschob. „Etwas außerhalb ist gut, ich will nicht so viele Leute um mich herum haben."

„Du kommst aus…", Neev blickte auf Mishas schmutzig-grünen Overall mit ungefähr zwanzig Flicken, den sie noch von ihrem Job hatte, die raspelkurzen Haare und den Seesack in undefinierbarem Matschfarben neben Misha.

„Direkt von den sieben Weltmeeren", grinste Misha und kritzelte weiter auf dem Papier vor sich.

„Wow", sagte Neev bloß und hob ihre Augenbrauen. Dann stand sie auf und holte ein paar weitere Unterlagen. Die Adresse und den Code für Mishas neue Wohnung. „Deinen Computer bekommst du bei der Einbürgerungszeremonie im Laufe der Woche, das geht nicht so schnell", sagte sie, als sie zurückkam.

„Das wird schon gehen", Misha stand auf und reichte Neev die ausgefüllten Blätter.

„Dein Name kommt mir bekannt vor", Neev kratzte sich am Kopf.

Misha zuckte bloß mit den Schultern. Sie wollte jetzt nicht ihre Lebensgeschichte rekapitulieren.

„Also, hier sind die Zugangsdaten. Die Wohnung ist möbliert. Versuch dich schon mal etwas einzurichten. Ich sag dir Bescheid, wie es weitergeht", Neev drückte ihr die Papiere in die Hand.

„Danke", Misha blickte in Neevs freundliche graue Augen und lächelte.

-9-

Wie in einem Rausch raste Misha zu ihrer neuen Bleibe. Sie nahm nicht die Bahn. Die Stadt wachte gerade auf und dichter Nebel hatte sich überall ausgebreitet. Misha war harte körperliche Arbeit gewohnt und nach einer langen Zugreise ächzte ihr Körper danach, sich zu bewegen. Also joggte sie mit ihren zerschlissenen Schuhen und ihrem durchlöcherten Overall durch die sich langsam füllenden Straßen, auf denen SchülerInnen, HundebesitzerInnen, FahrradfahrerInnen und Eltern mit Kinderwägen unterwegs waren. Sie alle schauten ihr hinterher, wie sie mit ihrer hohen Statur und großen Schritten durch den Nebel von einer Pfütze in das nächste Schlagloch sprang und schließlich vor der Tür eines vierstöckigen Gebäudes ankam, welches in einer etwas heruntergekommenen Gegend lag. Ein Haus, das in sich zusammengefallen war, stand daneben. Unweit davon war ein ehemals zubetonierter Platz, den das Unkraut und kleinere Bäume übernommen hatten.

Misha öffnete die Tür, ging in den zweiten Stock zu ihrer Wohnung und ließ sich herein. Schloss die Tür hinter sich. Hier. Ihr Zuhause. Sie zog sich die durchnässten Schuhe und Socken aus, ging auf die Toilette, warf einen kurzen Blick in die Küche und das Schlafzimmer und ließ sich im Flur auf den Boden sinken. Alle Energie war ihrem Körper entwichen. Sie atmete erst noch schnell, dann immer langsamer. Sie war angekommen. Oder? Es fühlte sich nicht so an. Hatte es sich gelohnt, all die Jahre dafür zu kämpfen? War sie jetzt am Ziel? Misha wusste es nicht.

Nachdem sie etwas geschlafen hatte, holte sie ihren klapprigen Laptop heraus, setzte sich auf das Bett und öffnete ihn. Es gab so viel zu tun. Sie hatte den Lernstoff bis zu den Abschlussprüfungen so gut es ging aufgearbeitet und gleichzeitig ihre Abschlussarbeit für ein Studium geschrieben, von dem sie nicht wusste, ob sie dazu überhaupt zugelassen wurde.

Aber es war trotzdem das wichtigste Projekt der letzten Jahre gewesen, in das sie alle Energie hatte reinfließen lassen, damit es sie am Leben erhielt. Wie ein existentielles Lebensorgan, welches aber außerhalb ihres Körpers pulsierte.

Es ging natürlich um die mentale Konstruktion von Realität und die unterschiedlichen Arten und Weisen, diese Philosophie zu leben. Durch ihren Kontakt zu vielen unterschiedlichen Menschen, die aus allen Ecken der Welt kamen und die sie kennen gelernt hatte, konnte Misha die Arbeit mit innovativen Narrativen füllen.

Ihre Abschlussarbeit war mit den Jahren und der passiven Teilnahme an den Vorlesungen und Seminaren von Juri immer komplexer und größer geworden. Misha hatte versucht, die Seitenzahl im Rahmen zu halten, aber dadurch wurde der Text bloß verdichteter. Sie konnte nur ahnen, was Juri dazu sagen würde, aber damit würde sie sich beschäftigen, sobald sie die Abschlussprüfungen bestanden hatte.

Das alles fühlte sich so ungleichzeitig an. Sie war gerade achtzehn geworden, hatte so etwas wie eine sehr anstrengende Weltreise hinter sich, hatte ihre Eltern seit einer Ewigkeit nicht mehr gesehen und versuchte gleichzeitig Schule, Ausbildung und Berufseinstieg auf die Reihe zu bekommen. Misha biss sich auf den Knöchel ihres Zeigefingers, eine nervöse Angewohnheit.

Nachdem sie etwas gearbeitet hatte, nahm sie ihre erste warme Dusche seit Jahren. Auf den Containerschiffen hatte es nur Gemeinschaftsduschen gegeben, die sie nicht betreten hatte, da sie niemanden trauen konnte und um ihre körperliche Versehrtheit gefürchtet hatte. Jetzt das warme Wasser in einer sicheren Umgebung über ihren Körper laufen zu lassen war wie eine Segnung, eine Wiedergeburt, eine Emergenz. Misha atmete das erste Mal seit Langem ausgiebig aus und ließ etwas von der Anspannung, die sie seit Ewigkeiten implementiert hatte, den Abfluss herunterfließen.

Nachdem sie fertig war, stellte sie fest, dass sie absolut keine saubere Kleidung besaß. So wickelte sie sich in eine Decke und stopfte alle ihre Klamotten in die Waschmaschine. In den folgenden Tagen musste sie sich auf die Suche machen nach neuen Kleidungsstücken und viel früher schon nach Nahrungsmitteln.

Die nächsten fünf Tage verbrachte sie in einem seltsamen Limbo, in dem sie arbeitete und lernte, sich einrichtete, die Umgebung etwas erkundete und sehr unregelmäßig schlief, da es beim Leben auf dem Schiff keine festen Schlafenszeiten gegeben hatte. Misha überlegte, sich auf einen Tag-Nacht-Rhythmus umzustellen, aber eine rebellische Ader in ihrem Körper flüsterte ihr zu, dass sie jetzt keinen Schalter umlegen konnte und ein anderer, ein normaler Mensch, werden würde. Ein paar Kanten würden immer bleiben.

Und dann kam endlich der Tag der Einbürgerung, die offizielle Aufnahme in Mela. Misha zog einen von ihren

Overalls und ihre robusten Arbeitsschuhe an, steckte ein paar Habseligkeiten in ihre großen Taschen und spazierte zum Verwaltungsgebäude. Neev war diesmal nicht da. Eine Mitarbeiterin namens Kora stellte ihr und den fünf anderen Neuankömmlingen die wichtigsten Abläufe und Prinzipien der Stadt vor und händigte ihnen jeweils einen Kompaktcomputer aus. Misha nahm ihren wie einen heiligen Gral an sich und traute sich gar nicht, ihn zu bedienen. Das war ihr Zugang zu einer Gesellschaft, einer Gemeinschaft, einer neuen Welt. Misha verdrückte ein paar Tränen. Als Kora auf sie zukam, um sie zu trösten, steckte Misha den Computer in eine der Taschen, verabschiedete sich und rannte davon, nach Hause.

„Neev, ich wollte dich fragen, in welchem Bereich in der Stadt aktuell der größte Bedarf an Fachkräften besteht", Misha trommelte mit ihren Fingern auf die Tischplatte, als sie den Minicomputer an ihr Ohr presste.

„Oh", sagte Neev am anderen Ende der Leitung erstaunt. „Hast du überhaupt schon deinen Schulabschluss?"

„Nein, ich habe noch keinen Prüfungstermin", seufzte Misha enttäuscht. „Aber es ist nur noch eine Frage der Zeit. Ich kann nicht still sitzen und möchte jetzt schon irgendwo hospitieren. Ich weiß nur nicht, welcher Bereich für mich der richtige ist."

„Leute, die Baumaschinen bedienen können, sind grundsätzlich immer rar gesät", schlug Neev vor. „Dann haben wir natürlich den chronisch unterbesetzten medizinischen Bereich, dann die Abwicklung von Finanzen, den Mangel an Ingenieuren und Computertechnikern…"

„Okay, das ist ja schon eine ganze Palette", Misha schaute durch das Küchenfenster nach draußen in den grauen Himmel. Manchmal gab es so einzelne Momente, in denen sie sich bewusst wurde, dass sie gerade nicht auf einem schwankenden Schiff war und das kam ihr absolut surreal vor. Sie hatte tatsächlich festen Boden unter den Füßen, jedenfalls in der Theorie. „Wie gesagt kommt im Moment alles Mögliche für mich in Frage. Es hängt auch vom Kollegium ab, wofür ich mich entscheide. Wenn es für dich okay wäre, würde ich in den nächsten Tagen hier und da reinschnuppern."

„So viel Engagement", Neev lachte, „das sind wir gar nicht gewöhnt. Schau dich ruhig um. Und ein Tipp:

versuch auf dein Bauchgefühl zu hören, nicht auf die anderen oder die Sachzwänge oder das damit verbundene soziale Ansehen oder was weiß ich was. Wir hatten gerade vor kurzem einen Fall, wo jemand unbedingt Ingenieur werden wollte, aber nach ein paar Jahren festgestellt hat, die Tätigkeit liegt ihm einfach nicht. Natürlich kann man nicht alles vorher wissen. Aber man erspart sich auch viel Stress, wenn man mehr in sich hineinhört."

„Danke, das werde ich machen."

„Ich schicke dir die Kontakte, dann kannst du loslegen."

Sie verabschiedeten sich und Misha legte das Gerät neben sich auf den Tisch. Sie hatte nun alle wichtigen Entwicklungen für ihr Leben in Mela angestoßen, alles Wesentliche in Gang gebracht. Aber etwas fehlte noch. Etwas, das sie in den zwei Wochen, seit sie hier war, vor sich hingeschoben hatte. Sie zog sich an, steckte den Computer in die Seitentasche und verließ die Wohnung.

Draußen, als sie vor der Tür stand, hielt sie inne. Atmete tief ein und aus und ließ ihre Schultern, die immer etwas hochgezogen waren, bewusst fallen. Sie hatte die Stadt seit ihrer Ankunft noch gar nicht in sich aufgenommen.

Misha lief los. Es war ein ruhiger Nachmittag. Der Himmel grau und bewegungslos, wie so oft im Herbst. Die Blätter fielen von den Bäumen und wuselten um ihre Füße herum. Dort gesellten sie sich zu dem Straßenbelag, der an allen Ecken und Enden auseinanderfiel und vor sich hin bröckelte. Überhaupt war ihr Stadtteil zerfallener als Misha gedacht hätte, aber deswegen gefiel er ihr ganz gut.

In der Nähe lag die alte Bibliothek, die sie noch nie besucht hatte. Nicht damals als Kind, da es dort keine moderne Ausstattung mit Computern und Druckern gab und nicht jetzt, da sie auf das meiste Material online zugriff. Und sie hatte jetzt die Befürchtung, Juri dort zu treffen. Mit Juri, Marc und Lea wieder in Kontakt treten wollte sie erst, wenn sie sich halbwegs sortiert hatte. Vielleicht hatte sie etwas Angst, immer noch als das Kind von damals gesehen zu werden. Früher oder später würden sie aufeinanderstoßen, denn Misha musste ihre Abschlussarbeit bei Juri abgeben.

Aber das war Zukunftsmusik. Jetzt schlenderte sie erstmal durch ihren Stadtteil ohne ein bestimmtes Ziel und schaute einfach, was sich ihr rechts, links, oben und unten bot. Sie mochte den Verfall um sie herum, es resonierte sehr mit ihrem Inneren. Früher aufgebaute Strukturen waren in sich zusammengebrochen und nichts Neues kam an ihre Stelle. Nur die Trümmer lagen da noch herum, Blätter und Regen fielen auf sie, Müll sammelte sich in den Ritzen, manche Stellen sprangen auf und kleine Pflanzen bahnten sich ihren Weg nach oben, wuchsen schief und verzierten so die Fragmente.

Misha bewegte ihre Fingerspitzen und spürte die eisblaue Kälte, aber es mischten sich auch dünne Fäden von anderen Farben darunter. Ein Faden von Azurblau, einer von Sonnengelb, auch wenn Misha die Sonne schon lange nicht mehr gesehen hatte, eine dünne Linie von Grasgrün, sie schwirrten alle um sie herum, schwer einzufangen, flüchtig und vergänglich.

Am Rande ihres Stadtteils, an dem die letzten Häuser in eine trostlose unbewohnte Ebene übergingen, an der stillgelegte Eisenbahngleise ins Nichts führten und Berge von… was eigentlich? Schutt? Erde? Baumaterial? sich auftürmten, blieb Misha vor einem viereckigen, einstöckigem Gebäude stehen, vor dem sich ein paar junge Leute versammelt hatten. Sie standen allein oder in Kleingruppen herum, unterhielten sich, rauchten, tranken. Misha schaute an der Hausfassade hoch, um zu entdecken, ob dieser Ort einen Namen hatte, aber der abgeplatzte beige Putz gab nichts her.

„Bist du neu hier?", ein junger Mann hatte sich aus einer der Gruppen gelöst und kam auf sie zu.

Misha nickte und betrachtete ihn eindringlich. Er war etwa so groß wie sie, wenn auch wahrscheinlich ein paar Jahre älter, hatte dunkle kurze Haare, ein paar Augenringe auf seiner blassen Gesichtshaut, dunkle Hose und dunkles T-Shirt auf der schmalen Statur, aber eine gute Körperspannung, die auf sportliche Aktivitäten schließen ließ. Seine Lederschuhe hatten etwas merkwürdig altmodisches, passten nicht so ganz zum Rest, seine Finger waren weiß und schmal, wie sie sich um die Flasche, die er in seiner Hand hielt, wanden, die dunklen Augen taxierten sie interessiert.

„Ich bin Petr", er wollte ihr wohl die Hand geben, überlegte es sich aber anders.

Misha hatte die Arme vor sich verschränkt und musterte ihn kritisch mit ihrem geübten Blick, der ausstrahlte: Was willst du von mir?

Der Name kam ihr irgendwie bekannt vor, aber sie wusste nicht woher.

„Willst du reinkommen?", fragte Petr und zeigte auf den merkwürdigen Laden.

„Was ist das?", fragte Misha.

„Ein Stadtteiltreff", er zuckte mit dem Schultern und nahm einen Schluck aus seiner Flasche. „Ein illegaler Stadtteiltreff", flüsterte er, nachdem er sich leicht zu ihr vorgelehnt hatte.

Er lachte und auch Misha konnte sich ein Schmunzeln nicht verkneifen.

„Und was gibt es da?", fragte Misha weiter.

„Gerade wird gekocht", Petr kratzte sich am Kinn. „In einer Stunde oder so essen wir zusammen, unterhalten uns, schmieden Pläne, tauschen uns aus. Komm einfach mal mit, es wird dir gefallen."

Damit drehte er sich um und lief zu dem unscheinbaren Eingang, der aus einer zerkratzten Metalltür bestand. Misha zögerte kurz und folgte ihm schließlich.

Drinnen war es wegen der wenigen Fenster schummrig und voll. Viele junge Menschen drängten sich und redeten alle durcheinander, jedenfalls kam das Misha so vor. Wegen der Enge hatte Misha ein ungutes Gefühl in der Magengrube und sie schaute immer wieder zur Tür, um den Fluchtweg zu kennen, falls es ihr zu viel wurde oder jemand ihr dumm kam.

Je mehr sie sich durch die Menge drängte, desto mehr nahm sie den Raum auf. An den Tischen saßen Grüppchen, manche spielten Schach oder Karten, andere schauten auf Taschencomputer und zeigten dort auf anscheinend interessante Sachen. Es gab eine Theke, an der Getränke ausgegeben wurden. In einem Hinterraum war wohl eine Küche, aus der es lecker roch. Das ganze Gebäude diente anscheinend früher industriellen oder handwerklichen Zwecken, vielleicht eine große Schreinerei, ein Holzhandel, ein Maschinenraum? Etwa hundert Leute passten hier hinein. Die Wände waren beschrieben und beklebt mit undifferenzierbaren Texten. An einer Wand war ein Regal mit Büchern, an einer anderen eine Sammlung von Schriften und Flyern. Das Alter der Leute war auf jeden Fall schwer einzuschätzen, Misha war eher noch eine der Jüngsten. Die anderen schätzte sie auf Anfang bis Ende Zwanzig.

„Misha?", hörte sie hinter sich und drehte sich um.

Lenn stand vor ihr und runzelte die Stirn.

„Hi", sagte Misha und versuchte zu lächeln.

„Du bist es wirklich", er schluckte und suchte nach irgendwas in ihrem Gesicht. „Du siehst… ganz anders aus… wie geht es dir?"

Misha zuckte bloß mit den Schultern. Small Talk war noch nie ihre Stärke gewesen.

„Habt ihr eure Prüfungen abgelegt?", fragte sie stattdessen.

„Ja, klar", Lenn schien sich aus seiner Schockstarre zu lösen und seine ganze Körperhaltung entspannte sich. „Es war anstrengend, was für eine Lernerei", er strich sich über die Stirn. „Herr Marov hat uns ganz schön schwitzen lassen, bei ihm war es am härtesten. Aber wir haben bestanden und dann alle ausgiebig gefeiert", er lächelte selig. „Ich glaube ich habe drei Wochen am Stück Party gemacht. Und jetzt haben Steev und ich eine Ausbildung angefangen, im Bereich Informatik und Software, die anderen sind auch irgendwo untergekommen."

„Was ist mit Lea?"

„Oh, Lea", rief er aus und machte eine ausladende Bewegung. „Sie ist direkt nach der Feierei auf Reisen gegangen. Sie wollte doch schon immer in die ganze Welt."

„Schön für sie."

„Ja, nicht? Ich glaube, sie müsste jetzt in Jaku sein. Und du?", Lenn schaute sie wieder eindringlich an.

Zum Glück rief in diesem Moment jemand, dass das Essen fertig war. Ein großes Gedränge entstand um sie herum und Misha war froh, dass Lenns Frage darin unterging.

Misha holte sich eine Schüssel mit Linseneintopf und setzte sich an einen länglichen Tisch mit vielen anderen Leuten, Lenn saß woanders. Niemand schien sich daran zu stören, dass sie neu hier war, die anderen löffelten das Essen und unterhielten sich angeregt. Obwohl natürlich immer wieder flüchtige Blicke sie streiften, aber sehr subtil.

„Wir sollten uns den Protesten anschließen", sagte eine Frau ihr gegenüber zu jemand anderen.

„Stella, was für einen Sinn sollte das haben? Außer, dass wir uns in Gefahr bringen", rollte dieser die Augen.

„Wir beschweren uns immer über die Übermacht von Maana, sitzen aber gemütlich auf unserem Sofa und unternehmen nichts dagegen", Stella schüttelte den Kopf.

„Kel hat gar kein Sofa", sagte jemand anderes und Stella setzte ein gespielt verärgertes Gesicht auf.

„Helena, was ist mit dir?", fuhr Stella unbeirrt fort. „Wir trommeln eine Gruppe zusammen und fahren nach Jaku, unterstützen die Leute, die vor den Supermärkten demonstrieren, dann gibt es vielleicht wirklich eine Veränderung, vielleicht wird Maana zerschlagen…"

Helena winkte ab. „Die verhaften uns, sperren uns ein, sodass wir nie mehr das Tageslicht sehen und das wars."

„Das kannst du nicht wissen", wandte Stella ein. „Ich finde es ist unsere moralische Pflicht, die Proteste zu unterstützen, sonst machen wir uns mit unserer Systemkritik unglaubwürdig. Zu Hause sitzen und Kommentare schreiben, das kann jeder, aber davon ändert sich nichts."

„Ich kann dich verstehen", sagte jemand neben ihr und legte Stella die Hand auf die Schulter. „Aber ich habe auch Angst um dich. Du weißt, wie unbarmherzig Maana mit Systemkritikern umgeht."

Misha dachte an die vielen Mahlzeiten, die sie mit ihren MitstreiterInnen auf den Containerschiffen mitgemacht hatte. Hunderte von Gesprächen über den Zustand der Welt, persönliche Schicksalsschläge, über die Vergangenheit und Zukunft. Aber es hatte auch einen spannenden Austausch über die Herkunft der Leute gegeben, über ihre Lebensumstände, ihre Ängste und Träume. Und das hatte Misha am spannendsten gefunden.

In dem seltsamen Nicht-Raum des Schiffes kam dann heraus, wie nahe am Irrsinn die meisten von ihnen lebten, die dort arbeiteten. Wie verwickelt sie in Wahnvorstellungen, abseitigen Tag- und Nachtträumen, Begegnungen mit dem Irrationalem, Verlust von Zeit und Raum, Verwischen von Realitätsgrenzen waren. Es waren dunkle Gespräche über Abgründe, Einsamkeit, Verbrechen, Grausamkeiten in unvorstellbaren Formen und Farben.

Als jemand sie aus Versehen an der Schulter anstieß, landete Misha wieder in der Gegenwart und stand auf. Sie lief los, um die Schüssel wegzuräumen. Zu Hause musste sie unbedingt über die Proteste lesen, von denen sie gehört hatte, das alles war an ihr vorbeigegangen. Kurz bevor sie rausging, schweifte ihr Blick durch die Menge und sie sah all die Leute, die sie heute kennen gelernt hatte. Ihr Blick blieb kurz an Petr hängen, er schaute zu ihr auf. Misha drehte sich um und verließ den Laden.

-11-

Ein paar Tage später bekam sie endlich eine Einladung zum Prüfungstermin. An drei Tagen würde ihr Wissen getestet werden. Misha machte sich gleich daran, sich darauf vorzubereiten. Sie wusste, dass sie unmöglich das Niveau einer regulären Schülerin erreichen konnte, sie wollte einfach nur bestehen.

Also ging sie alle Themen noch einmal durch und dann kam schließlich der erste Prüfungstag. Am ersten Tag waren ihre Hauptfächer, Politik und Wirtschaft und Weltsprache dran, darin schätzte sie sich besonders gut ein, sie war fast auf einem Uni-Level, da sie ja parallel dazu Juris Vorlesungen und Seminare besucht hatte. In ein paar der Nebenfächer, die am zweiten Tag dran waren, war sie ebenfalls ganz gut, da sie auf dem Schiff drei weitere Sprachen gelernt hatte und diese Sprachkompetenzen hier einbringen konnte. Nur die Naturwissenschaften lagen ihr so gar nicht und sie versuchte einfach das Mindeste abzuliefern. Am dritten Tag gab es jede Menge mündlicher Prüfungen, die ihr ein Graus waren, da Misha sich wie unter einem Vergrößerungsglas vorkam.

Sie hatte lange mit sich gerungen, ob sie sich dafür ordentlich anziehen sollte, aber jedes Mal wenn sie sich in einer weißen Bluse oder selbst in Jeans und T-Shirt vorstellte, war ein innerer Widerstand in ihr entstanden, sodass es ihr nicht möglich war, etwas anderes als den grünen Arbeitsoverall anzuziehen. Nach all den Jahren des Kampfes würde sie jetzt nicht verleugnen, wer sie war und woher sie kam. Dafür musste sie in Kauf nehmen, dass man sie anschaute, als wäre sie eine verseuchte Schiffsratte.

Insbesondere Herr Marov, den Misha eigentlich nie mehr wiedersehen wollte, beäugte sie mit kritischem Blick, als sie ihm und anderen aus der Prüfungskommission gegenübersaß. Dabei gab Misha sich sehr viel Mühe, keine kontroversen Gedanken einzustreuen, sondern sich streng an den Lehrplan zu halten. Herr Marov hatte das durchschaut und bohrte mit Detailfragen immer weiter und weiter, bis Misha an ein paar Stellen eingestehen musste, die Antwort nicht zu wissen. Herr Marov lächelte selig dazu und blickte in die Runde, als suchte er nach Bestätigung. Die drei anderen LehrerInnen schauten gelangweilt, sie wollten bestimmt irgendwo sein, nur nicht bei einer Prüfung, die außerhalb der Reihe stattfand.

Nachdem alles vorbei war, lief Herr Marov wortlos an ihr vorbei. Misha wünschte keinen Kontakt zu ihm, aber seine kühle Art war auch etwas zu viel des Guten. Eine andere Mitarbeiterin informierte Misha derweil, dass die Ergebnisse wahrscheinlich in einer Woche vorliegen würden. Misha nickte und schleppte sich nach Hause. Immerhin hatte sie diese Etappe irgendwie bewältigt.

-12-

„Ich habe über die Hospitationen nachgedacht", verkündete Misha, nachdem sie ausgiebig geschlafen hatte und sich nun einem neuen Projekt zuwenden wollte.

„Hast du schon die Ergebnisse von den Prüfungen?", fragte Neev am anderen Ende der Telefonverbindung.

„Nein, aber es ist nur noch eine Frage der Zeit. Ich wollte derweil nicht nutzlos herumsitzen."

Neev lachte und Misha fand, dass sich das sehr schön anhörte.

„Du musst nicht durchs Leben hetzen. Du bist erst achtzehn, das selbe Alter, als ich nach Mela gekommen bin…", sinnierte Neev und machte eine Pause. „Du kannst dir die Zeit nehmen und die ganzen Angebote erkunden, vielleicht eine Gesprächstherapie machen, dir Sportangebote anschauen, Kontakte knüpfen…"

„Jaa, du hast recht. Aber es lässt mir keine Ruhe, dass ich keine… Daseinsberechtigung habe, keine Verankerung im Leben… Immerhin habe ich jetzt einen festen Wohnsitz, aber seit fünf Jahren warte ich darauf, einen festen Platz im Leben zu haben. Und alles andere ist dem nachgestellt", Misha rutschte auf ihrem Bett hin und her.

„Oh Misha", seufzte Neev. „Ich weiß, was du meinst… Also, wo kann ich dich unterbringen?"

„Ich habe mir mittlerweile überlegt, dass ein technischer oder handwerklicher Bereich nicht das Richtige für mich wäre. Da habe ich einfach keine Talente. Andererseits möchte ich nicht so stark im Kontakt mit Menschen stehen, aber auch nicht komplett isoliert arbeiten. Ich kann nur nicht den ganzen Tag mit Menschen reden, wenn du verstehst, was ich meine."

„Hmm", machte Neev und Misha hörte, wie sie im Hintergrund auf ihrer Tastatur tippte. „Was stehst du zu Büroarbeit?"

„Ich würde es ausprobieren wollen. Das Lernen für die Prüfungen, die Zeit in der Bibliothek damals und das Fernstudium haben mir wirklich viel Spaß gemacht, ich hab das Gefühl, das könnte die richtige Richtung sein", überlegte Misha und spürte ein Kribbeln in ihrer Körpermitte bei der Vorstellung, sie könnte all das in einem Beruf unterbringen.

„Aber das ganze ohne Kundenkontakt...", murmelte Neev. „Dann würde ich gerne probieren, ob du in der Abteilung für die monetäre Organisation und Abwicklung eingesetzt werden könntest. Es gibt da schon einen gewissen Kontakt mit den BürgerInnen, aber dieser ist sehr eingeschränkt. Im Prinzip geht es darum die Arbeitszeit, die die Leute für Mela erbringen in Punkte umzurechnen und jedem das zukommen zu lassen, was ihm zusteht. Was dir bestimmt gut gefallen würde, ist, dass diese ganze Abwicklung eine schön anspruchsvolle Angelegenheit ist, die einen im Kopf gut beschäftigt hält. Ich glaube, du brauchst das", Neev lachte. „Der Nachteil ist, dass die Abteilung notorisch unterbesetzt ist. Aber seien wir ehrlich, das ist fast überall in Mela der Fall, da wirst du nicht drum herum kommen. Also, was denkst du?"

„Okay", nickte Misha und konnte sich ein Grinsen nicht verkneifen. Sie würde tatsächlich bald arbeiten. Richtig arbeiten. Nicht die Aushilfstätigkeiten auf dem Containerschiff. Würde sie den Ansprüchen genügen? Musste sie eine Bluse dafür anziehen? Die Blubberblasen in ihrem Inneren wurden immer größer und stiegen weiter in ihren Kopf.

„Dann mache ich etwas aus und schicke dir Ort und Zeit", Neev tippte weiter auf der Tastatur.

„Danke", Misha atmete aus.

„Aber denk auch an die anderen Sachen."

„Hm?"

„Erkunden, was es sonst noch um dich herum gibt. Als ich damals hier angekommen bin, war ich auch stur auf die Arbeit fixiert, wollte alles richtig machen. Wollte angepasst sein, entsprechend aussehen und so weiter. Endlich eine produktive und akzeptierte Person sein. Erst mit der Zeit habe ich mich da rausgeschält."

„Hmm…"

„Ich habe vor ein paar Jahren ein Graphic Novel veröffentlicht, über die verlorenen Orte in Mela, vielleicht willst du es dir anschauen, findest dort eine Inspiration?"

„Verlorene Orte?", echote Misha.

„Ich lasse dir ein Exemplar zukommen, wirf mal einen Blick hinein. Und warst du schon in dem Stadtmuseum? Das kann ich auch nur wärmsten empfehlen, da kommt man richtig ins Träumen und entdeckt auch andere Sphären der Stadt."

„Was?", Misha stutzte.

„Du wirst schon sehen", lachte Neev. „Ich muss weitermachen. Du hörst von mir, okay?"

„Alles klar. Danke."

Schon am Nachmittag stellte Misha fest, dass jemand ein Buch vor ihre Tür gelegt hatte. Sie hob es vorsichtig auf, trug es ins Haus, brühte sich eine Kanne Tee auf und legte sich mit all dem ins Bett.

Der Umschlag war in einem alles einnehmenden Blau mit vielen Farbverläufen und einer melancholischen

Stimmung, die Misha in den Bann zog. Sie schlug die erste Seite auf und fiel ohne Vorwarnung in eine Welt, die einerseits komplett neu war, andererseits ihr merkwürdig bekannt vorkam.

Plötzlich lief sie durch dunkle Straßen, der Bürgersteig war wie in Aquarellfarben unter ihr, die Schritte hallten von den Häuserwänden, ein verfallener Park zog an ihr vorbei, der Himmel war unruhig und bedrückend. Misha schaute sich um, sie sah keine anderen Menschen, aber ein paar flüchtige Schemen tauchten hier und da auf und verschwanden wieder. Die hohen Gebäude waren mal erdrückend und trostlos, dann aber wieder beschützend und strahlten Stabilität aus.

Als sie die Seite umblätterte kam sie ins Gespräch mit Menschen, die ihr nahe zu stehen schienen, die sie aber meistens gar nicht kannte. Marc tauchte immer wieder auf. Er war Neevs Kollege, das machte Sinn. Misha konnte nicht genau hören, was er sagte, aber er wirkte oft deprimiert und traurig. Doch das zog Misha gar nicht runter, sie fühlte sich verstanden und konnte sich in seinen traurigen Augen wiederfinden, so wie sie es bisher selten in einem Gespräch erlebt hatte. Als sie an einer Kreuzung getrennte Wege gingen schaute sie ihm lange hinterher und sah seine Gestalt in der Dunkelheit verschwinden.

Sie blätterte die Seite um und fand sich in der alten Bibliothek, die sie selbst vorher noch nie betreten hatte, aber nun war sie dort. Natürlich war diese Einrichtung in einem etwas heruntergekommenen Zustand, aber Misha interessierte sich weniger für die Bücher, sondern für die Atmosphäre, die sie ausstrahlte. Sie war blau-grau und wie ein vergessener Ort, an den sich nur merkwürdige Leute verirrten. Sie suchten hier nicht nach Büchern, sondern nach einer Gemeinschaft, einem Zuhause für ihre Fragilität, eine Verbindung, die sie sonst nicht hatten. Natürlich tauchte dann das Gesicht von Juri vor ihr auf, es war das erste Zusammentreffen von Juri und Neev und Misha war fasziniert davon, wie sie sich begegneten, aufeinander zugingen und vorsichtig Kontakt aufnahmen.

Misha blätterte um und ihr fiel sofort ein neues Gesicht auf, eines, das sie bisher noch nie gesehen hatte. Der junge Mann hatte lange schwarze Haare, die wie Tinte um sein Gesicht flossen, seine Augen waren abwesend und fahl, dennoch hatte Neev ihn mit sehr viel Zuneigung auf das Papier gebannt. Misha war fasziniert von dem Blickwinkel, den Neev auf diese Person hatte, sie sprach mit ihm ganz anders als mit Marc oder Juri. Er schien sie ganz anders zu berühren als all die anderen Menschen.

Misha wusste nicht, wie viel Zeit vergangen war, aber sie flog nur so durch Cafés, Parks und Industrieruinen. Obwohl Neev vorwiegend Blau benutzt hatte, so rückte diese Farbe für Misha irgendwann in den Hintergrund und andere Töne, die vorher gar nicht so sichtbar waren, kamen aus dem Blau hervor. Ein alles verschlingendes schwarz, ein Bündel an rot, grün und lila, ein beruhigendes gelb, ein sinnliches violett. Und Misha war mittendrin in dieser Geschichte, war so nah dran an jemand anderem wie sonst selten in ihrem Leben.

Misha klappte das Buch zu und schloss die Augen. Vielleicht gab es sie doch, diese Emergenz, vielleicht war Träumen keine solitäre Angelegenheit, sondern es gab auch ein gegenseitiges Durchdringen.

-13-

Ein paar Tage später stand Misha vor ihrem Schrank und versuchte, sich etwas zum Anziehen für ihre Hospitation, die in einer Stunde losgehen würde, auszusuchen. Sie konnte den Overall nicht anlassen, man würde sie für verrückt halten. Andererseits sträubte sich alles in ihr dagegen, eine ordentliche Bluse anzuziehen oder sowas. In ihrem Heimatland musste sie immer eine Schuluniform tragen und irgendwie konnte sie sich seitdem nicht in etwas Formelles zwängen, auch wenn sie ihre Uniform damals nicht gehasst hatte oder so.

Sie zupfte ein verwaschenes blaues T-Shirt heraus und zog es sich über. Es sah ganz okay aus. Da es schon Spätherbst war, beförderte sie noch einen grauen Kapuzenpullover aus dem Klamottenhaufen ans Tageslicht und zog ihn sich über. Kleidung war Misha schon immer relativ egal gewesen, aber sie wollte wenigstens wie jemand aussehen, mit dem sie sich identifizieren konnte. Zuletzt zog sie eine Jeans heraus und schlüpfte hinein.

Um ihre Haare musste sie sich zum Glück nicht kümmern, sie waren immer noch so kurz, dass sie sie noch nicht einmal zu kämmen brauchte. Nachdem sie fertig war, machte sie sich auf den Weg zur Bahnhaltestelle, um an das andere Ende der Stadt zu fahren, wo sich die Abteilung für die Abrechnung der Stadt Mela befand.

In einer Gegend, in der sich auch der überregionale Bahnhof und das Stromverteilungsnetzwerk befand, stand ein dreistöckiges, unscheinbares Bürogebäude.

Eine nette ältere Dame namens Anja nahm Misha in Empfang und sie liefen zusammen in den ersten Stock, um sich dort an die Arbeit zu machen.

„Es freut mich, dass du dich für unsere Arbeit interessierst", Anja ließ sich in ihren Bürostuhl sinken und bewegte die Maus, um den Bildschirm aus seinem Ruhezustand zu holen. „Ich werde heute versuchen dir einen Einblick in die Tätigkeit zu geben, die wir hier machen", Anja rückte etwas zur Seite und deutete Misha an, sich mit ihrem Stuhl neben sie zu setzen. „Der Hauptteil unserer Arbeit besteht in der Bedienung dieses komplexen Software-Programmes", Anja klickte auf einen roten Button und es öffnete sich ein Datenverarbeitungsprogramm mit vielen Leisten, Symbolen, Reitern und Abschnitten. „Dort sind alle BewohnerInnen Melas erfasst und bei jedem einzelnen wird individuell abgerechnet, welche finanziellen Mittel ihm oder ihr zur Verfügung stehen, je nachdem ob es sich um ein Kind, eine/n SchülerIn, eine/n Vollzeit-ArbeitnehmerIn, eine/n FreiberuflerIn, jemanden mit mehreren beruflichen Tätigkeiten oder jemanden ganz ohne Job handelt. Hier werden die Eingaben gemacht", Anja klickte auf einen anderen Abschnitt des Programms und ein neues Fenster öffnete sich. „Viele der Angaben bleiben fest, andere müssen permanent angepasst werden, denn Leute ziehen schließlich um, haben neue Jobs, bekommen Kinder oder werden krank. Das ist das eine, aber...", sie holte tief Luft, „...die Selbstorganisation von Mela setzt uns auch immer wieder vor neue Herausforderungen, die Rahmenbedingungen ändern sich, Sätze werden angehoben, Faktoren neu bestimmt. Das müssen wir permanent neu einpflegen. Uns geht die Arbeit also nicht aus."

Anja zeigte Misha noch weitere Funktionen des Programms und öffnete auch ein paar beispielhafte Fälle.

„Das ist der Hauptbereich unserer Arbeit", sie schloss das Programm und wandte sich wieder Misha zu. „Es ist aber auch so, dass wir immer wieder Anfragen von BürgerInnen bekommen, dass wir Schulungen besuchen müssen, dass wir komplexe Fehler beheben müssen, dass es Umstrukturierungen gibt. Da müssen wir schnell und flexibel reagieren, denn der Lebensunterhalt von den BewohnerInnen hängt von uns ab. Da es keine Papierwährung gibt, sind die Menschen darauf angewiesen, dass ihr Konto das aufweist, was ihnen zusteht, damit sie sich Lebensmittel und so weiter kaufen können. Verstehst du?"

„Natürlich", Misha knetete sich die Hände. Das alles klang sehr aufregend.

„Wir würden dich vier Wochen einarbeiten, dann würdest du danach mehr oder weniger allein laufen. Komm, ich zeige dir den Rest unserer Abteilung", Anja stand auf und Misha tat es ihr nach.

„Hast du eine abgeschlossene Berufsausbildung?", fragte Anja bei Rausgehen.

„Ich bin dabei, die Abschlüsse zu erwerben."

„Wir benötigen mindestens einen Schulabschluss. Wenn du dazu eine Ausbildung hast, wirst du höher eingruppiert, aber es ist keine Voraussetzungen", Anja lief vor und sie schauten in alle Büros auf diesem Stockwerk herein, sagten kurz hallo und liefen zum nächsten.

„Wir haben Einzel- und Zweierbüros", erklärte Anja. „Du kannst im Prinzip aussuchen, was dir lieber ist. Im zweiten und dritten Stock sind noch weitere MitarbeiterInnen, aber da laufen wir jetzt nicht auch noch durch."

Misha war erleichtert. Das waren genug neue Gesichter für einen Tag.

„Da wir sehr flache Hierarchien haben, haben wir keinen direkten Vorgesetzten", fuhr Anja fort, als sie wieder in ihrem Büro standen. „Aber wir haben besonders erfahrene MitarbeiterInnen, so wie mich", sie lachte. „Und da hat es sich natürlich so ergeben, dass wir öfter um Rat gefragt werden und sowas wie eine natürliche Autorität ausstrahlen. Nur damit du Bescheid weißt", sie lachte wieder so ein mütterliches Lachen. „Also, was denkst du?"

„Mir gefällt es", erwiderte Misha, obwohl sie vor lauter Aufregung keinen klaren Gedanken fassen konnte.

-14-

„Liebe Misha", las Misha ein paar Tage später auf ihrem Minicomputer eine Nachricht von Neev. „Ich hatte letztens den merkwürdigsten Traum gehabt. Wir sind zu zweit durch Mela gelaufen, es war zunächst alles sehr blau, und – was ich vorher noch nie erlebt habe – alle möglichen Farben fingen an, durch mich durchzufließen. Wir strömten dann so durch die Stadt, als wären wir flüssig, als wäre alles flüssig und verbunden, es gab nicht die voneinander getrennten Objekte und Menschen wie sonst. Mehr noch, in dem Traum habe ich mich gefragt, wieso man eigentlich alles Mögliche als getrennt voneinander konzipiert, wo doch das eine in das andere übergeht und wir permanent von unserer Umgebung beeinflusst werden und alles beeinflussen. Der Traum wurde dann immer abstrakter und wir lösten uns auf. Es gab auch nicht wirklich eine Handlung, so wie Träume oft sind. Als ich aufgewacht bin, war ich total perplex. Und irgendwie hält das sogar immer noch an. Die intensiven Gefühle, die ich beim Träumen hatte, lassen mich nicht los. Weswegen ich mich entschlossen habe, dir zu schreiben. Wie hast du das gemacht? Ich bin mir irgendwie sicher, dass du etwas damit zu tun hattest. Bis bald, Neev."

-15-

Als Misha endlich die Mitteilung erhielt, dass sie ihre Abschlussprüfungen bestanden hatte, konnte sie keine Sekunde länger warten. Sie schnappte sich ihren alten Laptop, die verschiedenen Datensticks, ihren Taschencomputer, stopfte alles in ihren Seesack und rannte los zur Universität.

Ihre Bewertung war nicht herausragend, doch Misha war einfach nur froh, dass sie diesen Abschnitt endlich abschließen konnte. So viel hatte davon abgehangen und jetzt fühlte sie sich, als könnte sie hunderte Türen einrennen.

Um in der Bahn zu sitzen, dafür hatte sie keine Muße. Stattdessen joggte sie in die Innenstadt und kam erst kurz vor der Universität zum Stehen. Lehnte sich an die Wand neben der Eingangstür und beugte sich nach vorne, atmete hektisch ein und aus. Es war so eine Ironie des Schicksals, dass sie das Gebäude noch nicht einmal betreten hatte. Vielleicht war sie größenwahnsinnig. Das würde sich gleich herausstellen.

Sie trat mit ruhigen Schritten ein und orientierte sich erstmal an der Infotafel. Dann stieg sie in den ersten Stock und suchte ein bestimmtes Büro. Klopfte dort an. Jemand rief „herein".

„Hallo Juri", sie trat ein und stellte sich vor seinen Schreibtisch.

Langsam blickte er von den Papieren auf und betrachtete sie länger, während sich alles Mögliche auf seinem Gesicht abspielte.

„Misha", sagte er schließlich und stand von seinem Stuhl auf. „Du bist es wirklich", er suchte ihr Gesicht ab.

„Du hast dich sehr verändert. Fünf Jahre. Du bist jetzt erwachsen. Und wieder hier."

Sie schauten sich ein paar Momente an.

„Wie ist es dir ergangen?", fragte Juri schließlich.

„Das kann ich unmöglich in drei Sätzen zusammenfassen", Mishas Blick verschwand in der Ferne. „Falls dafür überhaupt Worte gefunden werden können", sie schüttelte den Kopf und schaute nach unten. „Wie ist es dir ergangen?"

„Es gab ein paar Turbulenzen", Juri ging um seinen Schreibtisch herum und strich sich durch die Haare. „Meine Tochter ist auf Weltreise gegangen", er seufzte, „und ich hoffe, dass sie das alles gut übersteht. Mein Sohn musste viele Krisen überwinden. Musste sich beruflich neu orientieren. Unsere Beziehung stand einige Zeit auf der Kippe. Aber wir haben uns wieder gefangen, wenn auch alles noch etwas fragil ist. Marc und mir geht es gut, es ist wunderbar mit ihm", Juri lächelte und setzte sich auf die Tischkante.

„Das freut mich. Ihr passt gut zusammen, Juri, ich…", Misha holte tief Luft, „…habe den Lernstoff so gut es eben ging, mitverfolgt, habe alle deine Publikationen gelesen, habe Hausarbeiten geschrieben. Alles auf diesem alten Ding", sie holte das mehrfach zerkratzte und geklebte Gerät aus dem Seesack und legte es vor Juri.

„Misha, ich…"

„Warte, lass mich ausreden", unterbrach sie ihn. „Ich weiß, dass ich alle Konventionen und Regeln breche. Aber ich habe eine Abschlussarbeit geschrieben. Die ganzen letzten Jahre", sie holte einen Stick heraus und legte ihn auf den Laptop. „Darin steckt meine ganze Seele. Das ist die Entität, die mich die ganze Zeit über am Leben gehalten hat. Mich motiviert hat. Ich hab keine Ahnung, warum", Misha warf die Hände in die Luft und lief in dem kleinen Büro auf und ab. „Und ich möchte diese Arbeit und natürlich die anderen Hausarbeiten bei dir einreichen, um meinen Studienabschluss zu erwerben."

„Welches Thema?", Juri verengte die Augen.

„Die Mythologien auf den fünf Kontinenten", erwiderte Misha, presste ihre Lippen aufeinander und verschränkte die Arme vor sich.

„Das gehört überhaupt nicht in mein Arbeitsgebiet", er hob eine Augenbraue.

„Oh, dann musste du wohl dein Arbeitsgebiet erweitern", das letzte Wort zog sie in die Länge und trat einen Schritt auf ihn zu, sodass sie sich von Angesicht zu Angesicht gegenüberstanden.

„So funktioniert das nicht", Juri legte seinen Kopf schief. „Du kennst meine Forschung und meine Publikationen…"

„Genau. Es geht mir um die Verbindung der Menschen mit der Welt, um die Fäden, die zwischen den beiden gesponnen werden."

„Es könnte zu esoterisch sein", er verzog das Gesicht und schüttelte den Kopf. „Naturgeister, Spukgeschichten, Aberglaube… An welchen Märchenbüchern hast du dich da bedient?"

„Ich war direkt vor Ort. Auf allen verdammten Kontinenten."

„Auf deinem Schiff?"

„Auf meinem Schiff. Nichts mit Büchern und Märchen, ich habe mit Leuten gesprochen, die du noch nicht einmal mit Plastikhandschuhen anfassen würdest. Oder zählen sie nicht? Müssen es für dich ordentliche BürgerInnen sein, so wie die aus Mela?"

Juri spitzte die Lippen und nickte. „In Ordnung. Ich werde mir dein Werk anschauen."

„Mach das", Misha drehte sich wieder um und packte den Laptop ein, den Stick ließ sie liegen. „Ich habe nämlich schon das nächste Projekt in den Startlöchern. Also, lass hören, was du denkst."

„Werde ich machen", Juri lachte und sie verabschiedeten sich.

Misha lief nach unten und verließ das Gebäude. Sie war erleichtert. Alle wichtigen Anliegen waren entweder schon erledigt oder auf dem Weg dorthin. Das war ein verdammt gutes Gefühl. Vielleicht… vielleicht könnte sie sich nun wirklich den Dingen zuwenden, die es außerhalb von Arbeit und Schule gab. Was das auch immer sein mochte. Sie kannte diese Seite nicht. Neev hatte schon recht gehabt, es wäre wahrscheinlich nicht schlecht, eine Gesprächstherapie anzufangen. Mit all den Sachen, die sie in den letzten Jahren erlebt hatte, war das bestimmt sinnvoll. Und sie sollte versuchen, irgendwo Anschluss zu finden. Andere Menschen kennen lernen.

Fürs Erste begann Misha mit einem langsamen Schritt durch die Innenstadt zu wandern. Sie beobachtete dabei die Menschen, die Abläufe, die Strukturen. Und dachte an das, was Anja bei der Hospitation gesagt hatte. Es schien Misha, als wäre die Stadt mit unsichtbaren Fäden durchzogen, die das Leben von jedem einzelnen strukturierten, die den finanziellen und wirtschaftlichen Rahmen formten, die jedem einen Platz zuwiesen und einen Zusammenhang schafften, in dem Gesellschaft möglich wurde.

Je länger Misha durch die Straßen lief, desto mehr sah sie die Abläufe der arbeitenden Bevölkerung, die Mobilität durch Fahrräder und Bahnen, die Ströme von Schulkindern und ArbeitnehmerInnen, die Knotenpunkte in Cafés und Imbissen, die Sammelpunkte an Kreuzungen und in Parks, aber auch den Verlust von Konnektivität in den abgelegenen Vororten, zu denen auch ihr Stadtteil gehörte.

Und mit einem Mal wusste sie, dass sie den ihr angebotenen Job unbedingt haben wollte. Sie wollte diese Spinnenfäden mehr erforschen, wollte wissen, wo sie sich verfingen und verknoteten, wo die Infrastruktur ausgebaut werden musste, was alles hinter dieser Realitätsebene steckte.

-16-

Nachdem Misha wieder zu Hause angekommen war, kramte sie den alten Stadtplan von Mela heraus, den sie noch von ihrem früheren Aufenthalt hatte und breitete ihn auf dem Küchentisch aus. Er war schon ganz schön mitgenommen und an einigen Stellen zerrissen und zerschlissen, hatte Wasserflecken von den vielen Malen, als sie ihn auf Übersee herausgeholt hatte, um sich zu erinnern, warum sie das alles machte.

Mit einem Kugelschreiber machte sie Markierungen an den Orten, an denen sie schon gewesen war und nummerierte diese. Dann holte sie Papierreste aus dem Altpapier und begann, Notizen zu den Orten anzufertigen. Notizen über Begegnungen, kleine Geschichten, die unter der Oberfläche schlummerten, Beobachtungen, Skurrilitäten, Besonderheiten, Merkwürdigkeiten, besonders schöne und besonders hässliche Architektur, Stadtdesign und Stil. Sie wusste gar nicht so genau, was sie da schrieb, sie ging einfach die Bilder in ihrem Kopf durch, die hängen geblieben waren. Nicht nur Bilder, auch Gerüche, Geräusche und Oberflächen, die sie angefasst hatte.

Da war der Baum am Straßenrand, der irgendwann halb umgefallen war, aber nicht aufgegeben hatte, sondern schief weiterwuchs. Da war der Laubhaufen an der Bahnhaltestelle, der durch den Wind in einen wunderschönen Strudel verwandelt wurde. Da war der alte Kühlschrank, der an der Häuserwand lehnte und wahrscheinlich von der Welt vergessen wurde.

Misha hatte zwei Kinder dabei beobachtete, wie sie die Straße entlangliefen und versuchten, nicht auf die Kanten zu treten. An einer anderen verlassenen Straße war eine ältere Frau gelaufen, die vor sich hin gemurmelt hatte. Auf eine der Bahnen hatte jemand ein Gesicht gesprayt, so dass es aussah, als wäre sie eine lustige Raupe. Ein altes Plakat, welches ein Konzert aus dem Sommer angekündigt hatte, hing nur noch mit letzter Kraft an einem Stromkasten. Vor einem Café waren zwei Leute zusammengestoßen und lachten, als sie sich dessen bewusst wurden. Ein Jogger im Park schrie in seinen Taschencomputer Unverständliches und konnte dennoch sein hohes Tempo konstant halten. Ein Schwarm Vögel zog Schleife um Schleife am Himmel über den Dächern und änderte dabei jeden Moment seine Formation.

Misha kritzelte dutzende von Zettelchen voll, steckte sie mit Nadeln auf die Karte und als sie mit einem Mal aufblickte, war es draußen bereits dunkel geworden. Es kam ihr vor, als wäre sie aus einer zeitlosen Dimension unter der Erde wieder an die Oberfläche gekommen und würde wieder Ort und Zeit wahrnehmen.

Misha stand auf und betrachtete die Karte von oben. Sie war jetzt wie ein Mosaik an Emergenz. Endlich hatte sie die vielen Schichten von Welt, die sie immer umgaben, auf einer Ebene, wenn diese Sammlung auch nicht vollständig war, niemals sein konnte. Aber es war ein Anfang.

-17-

„Ich habe dich letztes Mal gesehen", Stella winkte Misha zu sich und Misha trat zu ihrem Tisch im Stadtteiltreff heran, an dem noch ein paar andere Leute waren und setzte sich. „Wir planen gerade unsere Proteste gegen Maana, willst du mitmachen?", fuhr Stella fort.

„Was hat es damit auf sich?", fragte Misha. Sie hatte es nicht geschafft, sich mehr in das Thema einzulesen.

„Hast du das nicht mitbekommen?", fragte ein junger Mann neben ihr.

„Ich hatte besseres zu tun", erwiderte Misha und verschränkte die Arme vor sich, woraufhin er seine Augen verengte und sie länger betrachtete.

„Ich bin Fjodor", sagte er schließlich und streckte seine Hand aus.

„Misha", sie schüttelte seine Hand.

„Das sind Stella, Kel, Cleef, Helena und Mick", er zeigte auf die anderen in der Runde.

„Also, was ist mit den Protesten?", fragte Misha, sie wollte auf jeden Fall verhindern, dass das Gespräch auf sie gelenkt wurde.

„Es gibt Boykott-Aufrufe und lokal so viele Demonstrationen gegen die restriktive Politik von Maana wie schon lange nicht mehr…", erklärte Stella.

„Die alle brutal niedergeschlagen werden", unterbrach Misha sie. Sie musste nicht die Nachrichten gelesen haben, um zu wissen, dass das so lief.

„Trotzdem, es gibt aktuell einen Aufwind, wir müssen diesen nutzen, solange es geht. Vielleicht kann sich wirklich etwas ändern", beharrte Stella. „Ich werde mit etwa einem Dutzend anderer dorthin fahren und die Leute unterstützen."

Fjodor schaute sie von der Seite aus unglücklich an.

„Du musst nicht mitkommen, es ist okay", flüsterte sie ihm zu.

Fjodor kaute auf seiner Unterlippe herum.

„Nächste Woche geht es los. Bist du dabei?", wandte sie sich wieder an Misha.

„Auf keinen Fall", Misha lachte trocken und Stella machte ein enttäuschtes Gesicht.

„Wir können nicht alle in einem gemachten Nest sitzen und die schmutzige Arbeit anderen überlassen", Stella hob eine Augenbraue.

Misha verdrehte bloß die Augen. Dann sah sie, dass Petr zur Tür reinkam und sich mit jemand anderen unterhielt. Ihre Blicke trafen sich kurz.

„Ihre eigenen Leute verkloppen sie, aber an uns werden sie sich nicht herantrauen", riss Mick sie aus ihren Gedanken. „Deswegen ist es gut, wenn wir vor Ort sind, und je mehr, desto besser."

„Maana interessiert sich nicht dafür", bemerkte Misha lapidar. „Sie halten sich nicht an die von uns erdachten Regeln. Ihr könnt genauso eingesackt werden wie alle anderen."

„Woher willst du das wissen?", Stella nahm einen Schluck aus ihrem Glas.

„Eigene Erfahrung", Misha zuckte mit den Schultern. „Sie sind ein weltweiter Konzern und operieren nach anderen Logiken als Leute aus einem gutbürgerlichen Milieu einer selbstorganisierten Stadt es sich vorstellen können."

„Jede Struktur kann gebrochen werden, man muss nur wissen, wie", konterte Stella.

„Natürlich wäre es am besten, man würde ihnen das Wasser abgraben", schaltete sich Cleef ein, „also ihre wirtschaftliche Macht brechen. Aber die haben sich eine Vormachtstellung erarbeitet, mit den Preisen von ihren Produkten können andere Anbieter nicht mithalten und nicht jeder möchte auf die Nahrungsmittel verzichten, die nicht selbst angebaut werden können wie die Leute in Mela."

„Es ist eine verzwickte Situation", bestätigte Helena. „Es ist ja nicht nur Maana, es sind die ganzen Konzerne, die über die politischen und gesellschaftlichen Rahmenbedingungen bestimmen und der Rest ist ihnen wehrlos ausgeliefert."

„Warum bilden dann nicht noch mehr Menschen Gemeinschaften wie Mela?", fragte Fjodor.

„Weil sie sehen, wie sehr wir um unseren Status Quo kämpfen müssen, da bleiben sie lieber da, wo sie sind", sagte Helena.

„Immer muss um irgendwas gekämpft werden", seufzte Misha und merkte gar nicht, dass sie laut gedacht hatte.

„Hm?", hakte Stella nach.

„Ach, ich dachte nur gerade, dass liegt alles hinter mir. Heutzutage bin ich eher dafür, die Vielschichtigkeit der Welt einzufangen und nicht mehr zu polarisieren, nicht mehr zuspitzen. Ist es überhaupt noch zeitgemäß Maana als das übermächtige Große zu konzeptionalisieren, als das personifizierte Böse?"

„Willst du ihre Praktiken etwa verharmlosen?", Stella wurde ganz unruhig. „Das Vernichten von Konzern-Gegnern, das blutige Niederschlagen von Widerstand, das Verbreiten einer Stimmung von Hass und Intoleranz gegenüber allen möglich Randgruppen, Andersdenkenden etc.?"

„Auf keinen Fall", Misha lehnte sich im Stuhl zurück. „Okay. Nennen wir es Resignieren. Ich habe resigniert."

„Und das darf nicht passieren", Stella schlug mit der Hand auf den Tisch.

„Und wenn der Kampf die Verhältnisse nicht ändert, ab wann darf man deiner Meinung nach resignieren? Ab wann wird der Widerstand zu einer Beschäftigung an sich, zu einer Art Zeitvertreib?", warf Misha ein.

„Diese Fragen sind zweitrangig, so verliert man nur das Ziel aus den Augen", argumentierte Stella.

„Du hast recht", nickte Misha und ihr Blick wanderte ins Unbestimmte. „Ziele. Mein Ziel ist es nicht mehr zu kämpfen. Ich bin es leid."

„Du bist aus Jaku, oder?", fragte Fjodor und lenkte das Gespräch in eine andere Richtung.

„Jepp", erwiderte Misha. „Trefft ihr euch hier öfter?"

„An zwei bis drei Tagen in der Woche, je nachdem", eruierte Fjodor. „Manchmal ist hier Volksküche, Film- oder Dokuabend, kleine Konzerte, Spieleabende und so weiter. Komm doch dazu."

„Gerne", nickte Misha.

„Und diese Muskeln", Helena deutete auf Mishas Oberarme, „bist du Profi-Boxer?"

„Nein", lachte Misha. „Aber sowas ähnliches."

„Hmm?", fragte Helena.

„Wenn du so fragst, ich hab schon ein paar Leute vermöbelt, aber eher unfreiwillig", überlegte Misha und ihr Gesichtsausdruck wurde wieder ernst.

„Kennst du den Boxclub hier in der Nähe?", warf Fjodor ein. „Wenn du wieder das Bedürfnis dazu hast…"

Das weckte Mishas Aufmerksamkeit. „Erzähl mir mehr darüber."

„Jemand, den ich kenne, Serg, leitet das Ganze, er ist ein echt netter Kerl, etwas wortkarg, aber sonst…"

„Das klingt schonmal gut."

„Hier, ich schicke dir die Wegbeschreibung, dann kannst du weiter an deiner Technik arbeiten", Fjodor zog seinen Taschencomputer heraus und beugte sich zu ihr vor.

„Zeig her", Misha hob die Augenbrauen.

Sie unterhielten sich noch eine Weile und Misha trat später den Heimweg an mit dem Gedanken, diese Sportart unbedingt ausprobieren zu wollen.

-18-

„Am schwierigsten ist es, wenn jemand neu nach Mela kommt", Anja saß neben ihr und zeigte auf die halb ausgefüllten Felder der Software, die sie in der Abteilung benutzten. „Dann müssen wir ungefähr ein Tausend Daten eingeben, wir können nichts aus einem Bestand übernehmen. Außer natürlich die Person war schon vorher in Mela und ist wieder zurück gekommen oder sowas. Aber wenn nicht, dann muss hier alles komplett neu erfasst werden. Das dauert für eine neue Person zwei Tage. Für jemanden, der nicht allein lebt, sondern vielleicht noch Kinder im Haushalt hat oder komplizierte, wechselnde Wohnverhältnisse, drei Tage. Das Eingeben ist eine reine Fleißarbeit, aber dann kommt die Plausibilitätsprüfung", Anja hob drohend die Hand, „sie spuckt dir dann bis zu ein Dutzend Fehler bei der Eingabe und Konfiguration aus, die es zu beheben gilt. Und hier braucht man wirklich Durchhaltevermögen, denn jetzt muss man alles doppelt und dreifach kontrollieren und nach jedem Häckchen, jeder überschüssigen Leerzeile, jedem Zahlendreher schauen, mit Angaben aus anderen Registern und Datenbanken vergleichen und so weiter. Wenn das geschafft ist, dann bleiben oft ein paar Systemfehler, die wir dann den Administratoren melden und die von dort aus behoben werden müssen. Und wenn das alles geschafft ist, dann geht es im weiteren Prozess um die Pflege der Daten, Eingabe von Veränderungen und Anpassen von Bedarfen."

Anja sank etwas in sich zusammen und atmete tief aus. Dann holte sie wieder tief Luft und sprang zum nächsten Thema. So rasten sie zusammen durch die Höhen und Tiefen der finanziellen Verwaltung, durchquerten unwegsames Gelände, staunten über ungewöhnliche Konstellationen, als würden sie den Sternenhimmel anschauen, bauten Brücken und balancierten über unsicheres Terrain, übersetzten rätselhafte Sprachen, ärgerten sich über unnötige Stolpersteine und Umwege.

Nach einer Woche hatte Misha einen Überblick über den Urwald gewonnen, in dem sie sich demnächst allein zurechtfinden musste. Nach zwei Wochen wagte sie erste eigene Navigationsversuche und lernte noch mehr Fallstricke und Labyrinthe kennen. Nach drei Wochen fing sie an von Horizontalberechnungen, Überprüfungsanträgen und Freibeträgen zu träumen und Anja überließ sie immer mehr ihrem eigenen Schicksal, sodass Misha lernen konnte, auf ihren eigenen Beinen zu stehen.

Von ihren KollegInnen sah sie in dieser Zeit nicht viel. Als Anja begann sich zurückzuziehen, kam Misha aber immer mehr in Kontakt mit diesen, vor allem, um einen fachlichen Rat einzuholen, wenn Anja nicht verfügbar war. Dana war immer kurz angebunden und hatte die meiste Zeit ihre Bürotür geschlossen. Rosi verwickelte Misha immer in stundenlange Gespräche, sobald sie sich irgendwo begegneten, hatte auf fachliche Fragen aber selten eine Antwort. Nala glänzte mit brillanter Expertise, war aber nicht bereit, diese mit irgendjemandem freiwillig zu teilen. Leo war sehr hilfsbereit, aber meistens überlastet. Christian erzählte oft von den guten alten Zeiten und schimpfte mindestens drei Mal am Tag über die Software. Und dann gab es noch einige andere, die Misha noch gar nicht kennen gelernt hatte, weil sie auf den anderen Stockwerken saßen und selten ihr Büro verließen.

Doch je mehr Zeit verging, desto mehr ging ihr die Materie in Fleisch und Blut über. Misha merkte, dass die ganzen technischen und bürokratischen Vorschriften und Abläufe, die am Anfang noch so starr und eigensinnig waren, sich langsam verflüssigten und eine Eigendynamik entwickelten, dass sie geradezu eine Schönheit entfalteten, die man nur begreifen konnte, wenn man ganz tief in sie abtauchte. Das hieß nicht, dass Misha sich nicht ärgern konnte über umständliche Prozesse und starre Ansichten, die die Arbeit bisweilen zähflüssig und ungelenk machten. Aber trotz allem war dieser Teil der Bürokratie eine neue Sphäre in der Wirklichkeit, in die sie eingetaucht war, die ähnlich den vielen Mythologien und Träumen, die sie auf ihrer Weltreise erforscht hatte, ihre eigenen Zaubersprüche, Beschwörungen, mythische Gestalten und Heilungsformeln bereit hielt.

Von wegen Mythologien. Misha hatte von Juri nichts mehr gehört, dabei hatte sie ihre Arbeit schon vor Wochen abgegeben. Da sie nichts davon hielt, ihm eine Nachricht zu schreiben oder anzurufen, machte sie an einem kalten Donnerstag etwas früher Schluss und fuhr direkt zur Universität.

Als sie ihn nicht im Büro antraf, war sie etwas enttäuscht, lief dann aber zum Vorlesungssaal und sah, dass er dort gerade einen Vortrag hielt. Sie schlich sich in die hinterste Reihe und setzte sich.

„In den letzten Jahren konnten wir eine Zunahme an Publikationen verzeichnen, die sich auf der einen Seite auf immer abstraktere Weise mit Gesellschaft beschäftigen, auf der anderen Seite sich immer kleinteiligeren Prozessen zuwenden. Gesellschaftlich relevante Schlussfolgerungen bleiben dabei auf der Strecke. Und woher kommt dieser Trend? Aus Angst, aus der wissenschaftlichen Community ausgeschlossen zu werden oder ins öffentliche

Kreuzfeuer zu geraten, ziehen sich GesellschaftswissenschaftlerInnen weltweit immer mehr entweder ins sehr Abstrakte oder sehr Konkrete zurück, in der Mitte, in der die Mischung zwischen beiden Ebenen stattfinden sollte, herrscht gähnende Leere. Welche Konsequenzen hat diese Tendenz? Damit werden wir uns nächste Woche beschäftigen."

Juri schloss die Vorlesung, die StudentInnen klopften auf die Tische, ein paar von ihnen gingen dann vor und besprachen ein paar Sachen mit dem Professor. Misha wartete, bis alle gegangen waren und Juri mit seinen Unterlagen die Stufen hochstieg, um zur Tür zu kommen.

„Hey", sagte Misha und stand auf.

„Oh, du bist hier", Juri lächelte müde und sie liefen zusammen auf den Flur.

„Hast du ein paar Minuten Zeit?", Misha schaute zu ihm rüber.

„Na klar. Ich hätte mich schon längst bei dir melden sollen, es ist wegen deiner Arbeit?"

„Hmm, hast du sie dir angeschaut?"

Sie kamen an seinem Büro an und Juri lud die Bücher und Papiere, die er getragen hatte, auf seinem Schreibtisch ab.

„Misha, ich bin hin und her gerissen", Juri fuhr sich durch die grau-braunen Haare. „Deine Arbeit ist gut. Ich habe gesehen, dass du das Curriculum wirklich drauf hast, dass du dich im Diskurs verorten kannst. Aber deine Arbeit ist auch wirklich skurril", er seufzte.

„Lass hören", Misha setzte sich auf den Schreibtisch und machte eine Geste, dass er weiter erzählen soll.

„Es ist diese wirre Mischung aus sehr anspruchsvollen wissenschaftlichen Elementen und diesen Alltags-

Erzählungen, die deine Abhandlung aber nicht veranschaulichen sollen, sondern sperrige und rätselhafte Anekdoten sind, die einen aus dem Text rausreißen und plötzlich im Nichts stehen lassen. Ich hätte mir gewünscht, die Arbeit wäre runder, wäre zugänglicher, geradliniger. Es gibt eine klare Struktur, okay, aber die emotionale Achterbahnfahrt, auf die du deinen Leser mitnimmst, die lässt einen manchmal ins Bodenlose abstürzen und fängt einen nicht auf, wenn du verstehst, was ich meine."

„Also bist du der Meinung ich soll die *Realität* nehmen", sie zog das Wort übertrieben in die Länge, „und damit die Theorien veranschaulichen, die in der Wissenschaft etabliert sind. Das ist ja eine interessante Vorgehensweise", sie verschränkte die Arme vor sich. „Und meine Beispiele, die alle aus teilnehmender Beobachtung stammen, die sollen ‚Anekdoten' sein", sie setzte das Wort in Anführungszeichen, „die den Leser zum Schmunzeln bringen, die seine Stimmung auflockern und die ihm das Gefühl geben sollen, dass alles in Ordnung ist, dass der Text alles im Griff hat und die Welt kein chaotischer Haufen ist, der permanent am emergieren ist. Sich am verschlucken, sich am erbrechen, sich am gebären, sich am neu herausbringen ist?"

Juri hatte die Augen aufgerissen und die Lippen zu einer schmalen Linie gepresst. Hektisch lief er auf und ab und schüttelte dabei den Kopf.

„Ja, für die meisten von ist es so, dass wir vorgeben müssen, dass die Welt eine übersichtliche Oberfläche ist, die wir beherrschen können", brachte er schließlich hervor. „Ich kann verstehen, dass du da andere Erfahrungen gemacht hast."

„Das ist es nicht", Misha schüttelte den Kopf. „Wir alle haben diese Erfahrungen gemacht. Wie war es für dich, als du wochenlang in der Kanalisation gelebt hast, weil du den Zugang zur Welt verloren hattest, als der Auftragskiller hinter dir her war?"

Juri blieb wie angewurzelt stehen und Misha dachte kurz, dass sie zu weit gegangen war.

„Das kann man nicht miteinander vergleichen. Und ich habe auch nie auch nur einen Gedanken daran verschwendet darüber eine wissenschaftliche Arbeit zu schreiben", antwortete er mit kühler Stimme.

„Aus Scham?", Misha hob eine Augenbraue. „Weißt du, ich verstehe, wie es dir damit geht. Ich habe mich selbst mein ganzes Leben für alles möglich geschämt und es versteckt, so wie wir es beide in unserem Heimatland Jaku gelernt haben. Aber es ist die falsche Herangehensweise. Die neue Generation schält sich da heraus. Das heißt nicht, dass ich meine ganzen privaten Erlebnisse in die Öffentlichkeit spüle. Aber ich...", sie sprang auf und stellte sich vor ihn, „...vergrabe sie auch nicht unter einem großen Haufen Beton, sondern verknüpfe sie mit dem Rest der Welt, damit sie nicht so isoliert vor sich hin wabern, denn das alles ist ja Verbindung, nicht?"

Sie standen sich ein paar Minuten eigenartig gegenüber, bis Juri sich schließlich bewegte. Er nahm seine Brille ab und wischte sich über das Gesicht.

„Vielleicht ist es der selbe Fehler, den ich mit meinem Sohn gemacht habe", murmelte er kryptisch vor sich hin. „Ich habe seinen Schmerz und seine Trauer nach dem Tod seines anderen Vaters ignoriert und ihn dazu angehalten, so schnell wie möglich sein normales Leben aufzunehmen und das über Jahre hinweg, bis das alles zusammenbrach."

„Das tut mir leid", sagte Misha, sie kannte Juris Familiengeschichte nur vage und konnte die Aussagen nicht direkt verorten.

„Danke", Juri setzte seine Brille wieder auf und blinzelte ein paar Mal mit den Augen. „Okay, was hältst du davon, dass du den Text in der Hinsicht überarbeitest, dass du noch mehr Struktur reinbringst und noch mehr Verweise auf die wissenschaftlichen Diskurse?"

„Ich kann das gerne machen. Aber wenn ich mir noch eine Anmerkung erlauben darf. In deiner Vorlesung eben sprachst du von Relevanz. Gesellschaftlicher Relevanz. Dass die Wissenschaft sie scheut und sich ins Abstrakte und Konkrete flüchtet. Und du willst, dass ich die Arbeit noch abstrakter mache?"

„Nicht abstrakter..."

„Genau, wie wäre, es wenn ich nicht noch mehr wissenschaftliche Verweise, sondern mehr gesellschaftliche Bezugspunkte aufzeige?"

„Okay", Juri atmete tief aus und sank in sich zusammen, seine Schultern fielen nach vorne. „Verknüpfe deine Beispiele, die ich nicht Beispiele nennen darf, mit aktuellen gesellschaftlichen Prozessen und leg mir den Text noch einmal vor. Und an mehreren Stellen die Verzweiflung und Kontingenz zähmen", er zwinkerte ihr zu.

„Abgemacht", lachte Misha.

-19-

„Anja, ich habe hier einen Fall mit einer Fehlermeldung, die ich einfach nicht wegbekomme", Misha sprach ihre Kollegin im Flur an und zeigte in Richtung ihres Büros.

„Um was geht es denn?", Anja blieb vor ihr stehen und kratzte sich mit dem Kuli an der Schläfe.

„Weil jemand mehrmals in eine Bedarfsgemeinschaft ein- und wieder ausgezogen ist, wird mir eine Kürzung des Mietanteils angezeigt, die nicht korrekt ist."

Sie liefen zusammen in Mishas Büro und Anja setzte sich an den Computer, um darauf herumzuklicken. Misha sah, dass Anja ein paar Sachen ausprobierte, zum Beispiel die Veränderung zurückzunehmen und dann wieder einzugeben, aus dem Programm herauszugehen und wieder reinzugehen, aber es half nichts, der Fehler ließ sich nicht beheben.

„Jemand aus dem zweiten Stock hatte einmal ein ähnliches Problem", murmelte sie schließlich vor sich hin. „Aber wer war das nur? Hmm, ich kann mich einfach nicht erinnern. Geh mal hoch und frag herum, vielleicht bekommst du etwas heraus."

„Okay", nickte Misha. Sie war irgendwie froh, dass das Problem nicht so einfach zu lösen war, denn sie hatte schon alles Mögliche ausprobiert und hatte trotzdem die Befürchtung, irgendetwas Simples vergessen zu haben.

Nachdem sie die Treppe in den zweiten Stock gestiegen war, spürte sie, wie aufgeregt sie war. Hier kannte sie fast niemanden. Nur ein paar der Leute, die mal durch ihren Gang gelaufen waren. Würde man sie hier komisch anschauen? Misha strich sich über das blaue T-Shirt, das etwas zerknittert war und zupfte sich die schwarze Strickjacke, die sie drüber trug, zurecht.

Im Flur traf sie gleich ein paar Leute, die sie ansprach.

„Frag mal hier", einer zeigte auf ein Büro rechts von ihr, nachdem Misha ihr Problem geschildert hatte.

Misha blieb in der Tür stehen und schaute vorsichtig rein. Ein junger Mann saß mit dem Rücken zu ihr an seinem Schreibtisch und blätterte in Unterlagen.

„Darf ich dich kurz stören?", Misha trat ein paar Schritte näher.

Er drehte sich um und Misha schaute in sein Gesicht. Sie kannte ihn. Es war Petr aus dem Stadtteiltreff.

„Was machst du hier?", fragte sie.

Er lachte und schüttelte den Kopf, legte seine Unterlagen zur Seite.

„Ich arbeite hier, uns du?", er trommelte mit seinen Fingern auf die Tischplatte.

„Ich auch, seit ein paar Wochen. Im ersten Stock."

„Wow. Und wie gefällt es dir?"

„Ganz gut. Es ist alles etwas kompliziert", sie kratzte sich an der Schläfe. „Aber ich denke, ich bekomme das hin. Was mich zu meiner Frage führt… Ich habe hier ein Problem und es hieß, du könntest mir vielleicht helfen…"

Sie schilderte ihm kurz die Sachlage.

„Oh ja, das hatte ich auch mal", er drehte sich wieder zum Computer hin. „Ich schaue mir mal die Fallkonfiguration an, dann finden wir vielleicht den Fehler."

Misha zog sich einen Stuhl heran und setzte sich neben ihn. Sie nannte ihm den Namen und Petr ging in den Fall rein, um sich durch die Einträge zu klicken. Misha fand, dass er sehr ernst und konzentriert dabei wirkte und sie hatte sofort das Gefühl, dass er irgendeinen Weg finden würde, das Problem zu lösen.

Schon im Stadtteiltreff hatte er so ernsthaft und etwas distanziert gewirkt, als dürfte man ihm nicht zu nah kommen. Mishas Blick glitt zu dem minimalistisch ausgestatteten Schreibtisch, der perfekt aufgeräumt war und an dem fast alles in einem neunzig Grad Winkel ausgerichtet war. Sie dachte kurz an Juris Schreibtisch, der das absolute Gegenteil davon war und dessen Anblick Misha immer innerlich unruhig werden ließ.

In ihrer Abteilung wurde zum Glück sehr viel Wert auf eine gewisse Grundordnung gelegt, die die meisten ihrer KollegInnen mehr oder weniger umsetzten. Misha hatte es sich in den letzten Jahren, eigentlich seit sie ihr Elternhaus verlassen hatte, angewöhnt, mit wenig auszukommen und fand das befreiend. Ein große Ansammlung von (meistens) unnötigem Kram machte sie dagegen nervös.

„Hast du das schon ausprobiert?", riss Petr sie aus ihren Gedanken.

„Was?", Misha hatte seine vorherige Frage anscheinend verpasst.

„Den Bezugszeitraum zu verlängern und die Änderung vorzunehmen und dann wieder einzuschränken, weißt du, wie ich meine?", sein Blick war auf den Bildschirm gerichtet.

„Nein."

„Dann machen wir das jetzt. Man muss nur wissen, wie man das Programm austricksen kann", murmelte er.

Misha versuchte sich alle Schritte zu merken, doch es ging sehr schnell. Trotzdem verstand sie das Grundprinzip, das musste reichen. Mit schnellen und präzisen

Bewegungen klickte Petr sich durch die Eingaben und änderte hier und da etwas. Mishas Blick fiel auf seine schmalen Finger, die die Maus bedienten und auf das Leinenhemd, das in einem schwarz gehalten war, der oberste Knopf war geöffnet. Seine dunklen Haare waren kurz, aber dann doch länger als ihre, seine Augen braun-grau und sein kurzer Bart gepflegt.

„Ich glaube, ich habe den Fehler behoben, aber bei der Berechnung haben wir ein neues Problem", er zeigte auf die Aufstellung der Zahlungen. „Das ist nicht so, wie es sein sollte, oder?"

Misha verengte die Augen und beugte sich nach vorne. „Der Sohn bekommt plötzlich viel mehr zugeteilt. Aus welchem Zeitraum kommt das? Ist das vielleicht aus der Vergangenheit, als noch weniger Leute in der Wohnung gewohnt haben?"

Petr klickte wieder hin und her.

„Irgendwie ist da jemand aus der Bedarfsgemeinschaft geflogen. Das sollte nicht so sein", murmelte Petr.

„Warte, das Häkchen hier muss wieder rein", Misha nahm ihm die Maus weg und klickte selbst etwas herum. Ihre Hände berührten sich kurz.

„Aber mit einem anderen Zeitraum", er zeigte auf den Bildschirm auf ein entsprechendes Feld.

„Hmm", summte Misha und passte die Angaben an.

„Jetzt geh nochmal auf die Berechnung", wies er sie an.

Sie beide hielten die Luft an und Misha wunderte sich jedes Mal darüber, was für eine Aufregung sie durchfuhr, wenn sie auf das Symbol starrte, welches sich in der Mitte des Bildschirms materialisierte, während das Programm seine komplexe Arbeit tat. Alles konnte dabei herauskommen, die korrekten Zahlen, die falschen, eine Fehlermeldung oder ein Absturz.

Als die richtigen Zahlen angezeigt wurden, sprang Misha auf und jubelte.

„Wow, wir haben es geschafft", rief sie und riss ihre Arme hoch. Petr blieb sitzen und strahlte sie an, auch er war glücklich.

„Danke", sagte sie schließlich und setzte sich wieder. „Ich muss mir unbedingt merken, was hier los war. Was für ein komplizierter Fall."

„Das Leben besteht nur aus komplizierten Fällen…", bemerkte Petr und lachte.

„Hoffentlich nicht", Misha stand auf und ging zur Tür.

„Warte, wie heißt du eigentlich?", rief er ihr nach.

„Misha", sagte sie

„Misha? Den Namen habe ich schon mal gehört…", er tippte sich mit dem Kuli an die Lippen. „Du bist aber nicht zufällig vor ein paar Jahren schon einmal in Mela gewesen, Freundin von Lea?"

„Du kennst Lea?"

„Sie ist meine Schwester", lachte Petr.

Misha riss ihren Mund auf. „Du bist…", sie ging auf ihn zu, „du bist Petr", sie blieb direkt vor ihm stehen und betrachtete ihn nochmal genau, als wäre er unter einem Vergrößerungsglas.

Sie schauten sich in die Augen und Misha suchte in seinem Gesicht Spuren von… ihrer Vergangenheit, von einem Wiedererkennen, von einer Verbindung. Vor fünf Jahren wären sie sich fast begegnet, vielleicht hatten sie sich um Minuten verpasst.

„Oh verdammt, dann ist Juri dein Vater", dämmerte es ihr plötzlich. Sie hielt sich die Hand vor den Mund, es wurde immer schlimmer.

„Er ist nicht so schlecht. Wir haben unsere Differenzen, aber er ist ganz okay", Petr zuckte beiläufig mit den Schultern, blieb aber ansonsten reglos sitzen und schien Misha ebenso zu taxieren wie sie ihn.

„Ich schreibe gerade meine Abschlussarbeit bei ihm", brachte Misha hervor, als wäre es ein Verbrechen.

„Wow, Mela ist klein", nickte Petr. „Aber du warst doch all die Jahre…"

„Ja, genau", unterbrach Misha ihn und drehte sich um. Sie wollte jetzt auf keinen Fall darüber reden. Diese Zeit lag hinter ihr und sie fühlte sich selbst wie unter einem Mikroskop, wenn sie jetzt darüber sprachen. „Also danke für die Hilfe, wir sehen uns", sie ging zur Tür und verschwand.

Den Rest des Tages ging ihr das Gespräch nicht aus dem Kopf. Sie fragte sich, was Petr über sie wusste und was er davon anderen Leuten, vor allem ihren KollegInnen, erzählen würde. Vielleicht, dass Misha nicht mehr alle Tassen im Schrank hätte und deswegen keine ernstzunehmende Person war?

Unruhig rutschte sie auf ihrem Bürostuhl hin und her. Andererseits wirkte Petr nicht wie ein Typ, der im Flur stand und halbgare Geschichten mit anderen austauschte. Wie es auch immer war, sie hatte keine Kontrolle über das, was andere redeten, ihr blieb nichts anderes übrig, als cool zu bleiben.

Als sie später das Gebäude verließ, schaute sie sich um und war fast etwas enttäuscht, dass sie Petr nirgends entdeckte. Sie fragte sich, was er für eine Geschichte hatte. Vage konnte sie sich an die Andeutungen von Lea erinnern und dann waren da noch die Kommentare von Juri gewesen. Petr wirkte insgesamt so gar nicht wie die redselige und aufgeregte Lea, und auch nicht wie Juri, der immer die Aura eines geheimnisvollen Gelehrten an sich hatte. Er war eher in sich gekehrt, wenn auch auf eine charmante Art und Weise.

„Hi Misha", Steev setzte sich in der Bahn ihr gegenüber. „Bist du auf dem Weg zum Stadtteiltreff?"

„Nein, nach Hause", sie musterte ihn und konnte immer noch nicht glauben, dass er auch schon erwachsen geworden war.

„Wohnst du etwa im Alten Industriegebiet?", er hob eine Augenbraue.

„Bist du immer noch so ein Snob? Gleich erzählst du mir noch, dass meine Haare ungewaschen sind", sie strich sich über ihre Stoppel.

„Das weißt du noch", er lachte. „Naja, man muss sagen, dass du sehr schräg unterwegs warst... und es immer noch bist", er musterte sie von oben bis unten und Misha beschlich dabei ein unangenehmes Gefühl.

Sie wandte sich von ihm ab und schaute aus dem Fenster in die Dämmerung. Auf keinen Fall wollte sie jetzt mit Steev einen Streit anfangen, dafür fehlte ihr die Energie.

„Also, man sieht sich", er stand auf und wackelte davon.

Misha schloss die Augen und massierte ihre Nasenwurzel. Es war ätzend, sich wieder wie ein Kind zu fühlen. Aber das war bestimmt nicht die letzte Begegnung dieser Art. War sie deshalb so sehr erpicht darauf, allen zu beweisen, dass sie endlich erwachsen geworden war? Misha seufzte. Heute war ein guter Tag, um das Boxen auszutesten, beschloss sie.

Sie stieg etwas früher aus und machte sich auf den Weg zu diesem Laden. Als sie davor ankam, sah sie durch die breite Fensterfront im Erdgeschoss, dass sich schon einige Leute dort versammelt hatten. Ausschließlich Männer, aber nicht nur welche mit Muskelbergen, sondern auch welche mit normalem Körperbau.

Misha nahm all ihren Mut zusammen und trat ein. Auf dem Schiff hatte sie lernen müssen, Leuten eine zu verpassen, andere auszuknocken und bewegungsunfähig zu machen, wenn nötig. Alles mit dem Ziel der Selbstverteidigung. Dafür hatte sie in ihrer freien Zeit mit kundigen Männern und Frauen trainiert. Vielleicht konnte sie da wieder anknüpfen.

„Hier", einer warf ihr Boxhandschuhe zu und Misha fing sie auf, wurde aus ihren Gedanken geholt. „Ich bin Serg und wir können gleich loslegen."

Misha gefiel seine Einstellung, genau das brauchte sie heute, um all die komischen Gespräche aus ihrem Organismus zu kloppen. Sie zog ihre Jacke und Schuhe aus und machte sich daran, die klobigen Handschuhe anzuziehen. Und dann ging es schon los.

Sie war absolut nicht mehr in einer guten Form. Ihre Muskeln schmerzten, ihr Kopf dröhnte, ihre Augen waren vor Wahnsinn erfüllt und aufgerissen. Ohne nachzudenken schlug sie immer und immer wieder auf Menschen und Boxsäcke ein, während Serg ihr Kommandos zurief.

Als sie fertig war, fiel sie in sich zusammen und war bereit an Ort und Stelle in eine Pfütze aus Blut und

Schweiß und Tränen zu zerfließen. Es war das schönste Gefühl.

Als sie zu Hause war, duschte sie, zog sich um und wärmte sich ein paar Nudeln vom Vortag auf. Jede Bewegung tat weh und Misha ahnte, dass das morgen noch schlimmer werden würde. Es war der beste Zustand und Misha lächelte selig vor sich hin.

Währenddessen warf sie einen Blick auf den alten Stadtplan von Mela und machte darauf noch ein paar Markierungen und kleine Notizen. Mittlerweile war so etwas wie ein kleines Netz entstanden, das sich über große Teile von Mela spannte und verschiedene Punkte miteinander verband. Die Punkte waren bewusst nicht die offensichtlichen herausstehenden Orte wie Bibliothek oder Café, sondern unscheinbare Ecken, in denen der Geist von Mela schlummerte.

Als die trostlosen Nudeln aufgewärmt waren, setzte sich mit dem Teller auf das Bett und klappte ihren alten Laptop auf. Sie zerkaute mühsam die geschmacklosen Kohlenhydrate und hatte eine Idee. In der Navigationsapp, die jeder benutzte, um sich auf den Straßen und mit den Bahnen zurechtzufinden, konnten Eintragungen gemacht werden über Sehenswürdigkeiten, Geschäfte oder andere besondere Orte. Misha begann, ihre Notizen dorthin zu übertragen.

Der Stadtplan war ein erster guter Anhaltspunkt, aber es gab noch mehr. Durch ihre Mythologien-Studien wusste sie, dass Menschen immer und überall Verborgenes und Sinnhaftigkeit herausschälten, man musste nur einen guten Blick haben, um ein Netz von miteinander verknüpften Verbindungen in der ganzen Kontingenz zu entdecken, ohne gleich auf große verborgene Strukturen abzustellen, denn darum ging es hier nicht.

Misha stellte den Teller beiseite und vergrub sich mit dem Laptop tiefer in den Kissen und Decken. Es gab keine versteckten Ebenen oder Welten zu entdecken, es galt sich der Materie bewusst zu werden, die schon immer um einen herum war und für die meisten Menschen auf der Welt existierte: Bewusstsein war mehr als eine Entität, die auf einen einzelnen Menschen begrenzt war und nichts mit der Umgebung zu tun hatte. Bewusstsein oder einfach nur das Sein war immer und überall grenzenlos, wenn man sich auf diesen Gedanken einlassen konnte.

Misha lief virtuell die Straßen von Mela entlang, aber gleichzeitig stand sie in der klammen Kälte und schaute sich um, als wäre sie das erste Mal hier. Der Himmel über ihr war schwarz und versprach einen Blick ins Universum, der ihr jedes Mal aufs Neue einen Schauer über den Rücken laufen ließ. Auf dem Containerschiff hatte sie ihren Blick besonders oft in das Universum gerichtet und hatte dabei jedes Mal das Gefühl, es würde zurückschauen und sie verschlucken.

Misha schaute wieder auf den Boden vor sich und da war nicht der glatte Metallboden des Schiffes, sondern der raue Asphalt der Stadt. Sie steckte ihre Hände in den grünen Overall, den sie plötzlich wieder anhatte und lief an Wohnhäusern vorbei, in deren Fenstern manchmal noch Licht brannte. Als sie hinter sich eine Bewegung vernahm, schaute sie sich hektisch um, doch da war nichts, niemand, der ihr nachstellte.

Sie richtete ihren Blick wieder nach vorne und die Straße schwankte in einem Preußischblau, aus dem rechts und links wunderbare Gewächse hervorkamen, Blumen, die Misha pflückte und als Strauß in der Hand hielt. Doch dann wuchsen auch viele blaue Zahlen aus Berechnungen, die wie wilder Efeu wucherten und die Häuser daneben überwuchsen, sodass man diese nicht mehr wieder erkennen konnte. Statt Blätter hatte dieser Efeu fünfen und achten, Währungseinheiten und Prozente, die sich wild übereinanderstapelten.

„Misha", hörte sie eine Stimme von rechts und nahm die nächste Abbiegung in diese Richtung.

Ein kleiner Riss im Straßenbelag vor ihr ging plötzlich weiter auseinander, darin blinkte aufgeregt eine Fehlermeldung mit nicht zu identifizierbaren Hieroglyphen und Misha konnte im letzten Moment mit einem großen Schritt darüber springen.

„Misha?", wieder diese Stimme und Misha blickte um sich.

Dann entdeckte sie eine Gestalt, es war mehr ein Schatten, der so schwarz-blau war wie die Umgebung und sich nur beim Bewegen von dem Hintergrund abhob.

„Petr?", fragte sie zweifelnd.

Er winkte ihr zu und verschwand dann zwischen den immer noch Efeu-bewachsenen Häusern. Misha lief zu der Stelle, an der sie ihn zuletzt gesehen hatte, doch da war niemand. Dann schaute sie auf ihre Hände, wo sie noch die Reste von den Blumen hielt. Sie hatten scharfe Blätter gehabt und ein paar oberflächliche Schnitte in ihren Handinnenflächen hinterlassen. Misha ließ die Stiele fallen und rieb sich die wunden Stellen.

-20-

„Ich habe mir die neue Version durchgelesen", erklärte Juri ihr in der Videokonferenz, während Misha im Büro saß.

„Und?", sie zog ihre Schultern hoch, als wollte sie vor schlechten Nachrichten in Deckung gehen. Dabei spürte sie jede Muskelfaser ihres Oberkörpers und der Schmerz erdete sie überraschenderweise so radikal in diesem Moment.

„Gut", Juri lächelte selbstzufrieden. „Ich war ja zunächst nicht so überzeugt, aber jetzt hat es eine wirklich gelungene Form angenommen."

„Habe ich bestanden?", quietschte Misha in einem zu hohen Tonfall.

„Die Arbeit ja, es gibt noch die mündlichen Prüfungen…"

„Juhu", Misha sprang auf und riss die Hände hoch, das Headset fiel von ihrem Kopf, doch sie fischte es wieder hervor und setzte es sich auf. „Ich bin so froh, das kannst du dir nicht vorstellen. Danke."

„Das ist alles dein Verdienst", winkte Juri ab. „Was du unter den gegebenen Bedingungen geschafft hast…"

„Du hast mir jetzt nicht aus Mitleid eine gute Wertung gegeben?"

„Pfft, hör bloß auf."

„Du glaubst gar nicht, was das für mich bedeutet", Misha wischte sich über die Augen. „Ich… ich… habe diese Arbeit mit meinem Leben verteidigt, andererseits hing ich manchmal daran wie eine Ertrinkende an einer Boie…"

„Misha", Juri schloss die Augen und seufzte. „Ich wünschte, du hättest unter anderen Bedingungen studieren können. Mit den anderen StudentInnen, im direkten Austausch, hier vor Ort in Mela…"

„Ich war in meinen Gedanken oft in Mela", sagte sie leise und konnte die Emotionen, die aus ihr herausflossen, nicht mehr stoppen. „Ich bin mit den Wolken und Flüssen hierher gereist, bin in der Dunkelheit durch die Straßen gestromert, habe mich von den Geschichten, die ich auf dem Meer aufgesammelt habe, hierhertreiben lassen."

Juri nahm seine Brille ab. „Das… das ist so poetisch, aber… es klingt auch einsam. Du warst bestimmt sehr einsam da draußen, oder? Ich meine, das geht doch nicht spurlos an einem vorbei?"

Misha spürte einen Kloß im Hals, sie konnte nichts sagen. Ihre Augen wurden noch glasiger und sie hatte Angst auseinanderzufallen, wenn sie jetzt sprach.

„Es tut mir leid", Juri setzte seine Brille wieder auf. „Weißt du was, ich schicke dir die Termine für die Prüfungen und die Themen, auf die du dich noch vorbereiten musst. Das wird in ein paar Wochen sein, hoffentlich noch vor dem Jahreswechsel. Ist das okay?"

Misha nickte und sie beendeten das Gespräch. Sie hielt kurz inne und starrte auf den dunklen Bildschirm. Eine große Last war von ihr gefallen. Gleichzeitig war es so, als wäre ganz viel Farbe aus ihr herausgeflossen und sie würde etwas ziellos durch einen grauen Himmel gleiten wie ein ausrangierter Papierdrache.

Als sie später dabei war, ihren Arbeitstag zu beenden und zusammen zu räumen, stand auf einmal Petr in ihrer Tür.

„Hi", sagte Misha und schaute auf ihren Rucksack, der schon fertig gepackt war.

„Du bist am Gehen?", fragte er und kam ein paar Schritte rein, seine Hände in den Hosentaschen und mit einem Gesichtsausdruck, als würde er sich vor etwas drücken.

„Hmm", nickte Misha.

„Ich wollte dich etwas fragen", er kratzte sich am Hinterkopf.

„Hmm?", fragte sie und setzte sich auf den Schreibtisch neben ihren Rucksack.

„Diese Schrammen an deiner Hand", er zeigte auf ihre rechte Hand und Misha drehte diese mit der Handfläche nach oben. „Woher hast du die?"

Misha fuhr sich über die oberflächlichen Schnitte und spürte eine kurze Erinnerung an den Traum in Blau, den sie letztens gehabt hatte.

„Ach, das ist von wilden Expeditionen in den Untiefen der Welt", sie winkte ab und stand auf, zog sich ihren Rucksack über.

„Ich hab dich gesehen", Petr schaute verlegen nach unten.

„Gesehen?", Misha hob die Augenbraue.

„Wie du mit den blauen Blumen, oder was davon noch übrig war, durch die Straßen gelaufen bist", er lächelte unsicher.

Misha musste sich wieder setzen. Sie hatte gewusst, dass ihre Exkursionen an echten Orten und in Echtzeit stattfanden und nicht bloß in ihrem Kopf, denn schließlich war ihr Kopf die Erweiterung von Welt und die Welt eine Erweiterung ihres Kopfes, aber dass andere sie dabei sehen konnten? Natürlich hatte sie auch schon vorher andere Leute getroffen, aber dabei war sie davon ausgegangen, dass es unbewusste Anteile dieser Menschen waren und diese gemeinsamen Imaginationen niemals in das Bewusstsein der anderen dringen konnten. Andererseits, letztens hatte Neev auch schon so etwas Ähnliches berichtet…

„Das kann nicht sein", sie schüttelte den Kopf.

„Ich dachte auch zuerst, dass es nicht möglich wäre, aber…", setzte Petr an.

„Es war wohl ein Zufall", schnitt Misha ihm das Wort ab und lief an ihm vorbei zur Tür.

Denn wenn es wirklich möglich gewesen wäre, dann… dann wäre zu viel von ihr offengelegt.

„Aber wie erklärst du dir, dass… Hast du auch diese Fehlermeldung gesehen? Das war doch die von letztens!", er lief ihr durch den Gang nach.

Misha hatte das Gefühl, der Boden unter ihr würde schwanken, wie damals auf dem Schiff.

„Wieso…", sie blieb abrupt stehen, sodass Petr fast in sie reingelaufen wäre. „Bist du überhaupt… dort unterwegs? Hast du mir nachspioniert?"

„Ich? Dir? Du warst in *meinem* Traum", empörte er sich.

„Das kann nicht sein", lachte Misha trocken. „Du hast meinen Namen gerufen!"

„Ich war gerade dabei, das Efeu zu untersuchen, als du aufgetaucht bist."

„Woher…", Misha wedelte mit der Hand zwischen ihnen, als sie vor dem Treppenhaus standen, „…hast du überhaupt diese… ähm… Fähigkeit, die Grenzen zu überwinden?", sie schaute ihn von oben bis unten an. Mit seinem, wenn auch legeren Anzug, sah er nicht aus, als würde er sich für die Erweiterung von Realität interessieren, sondern eher für die korrekte Bescheiderstellung.

„Das ist unfair", er verengte die Augen. „Nur weil ich nicht wie ein Pirat mit Hochschullabschluss aussehe, heißt das nicht..."

„Meinst du etwa *mich* damit?", schnaubte Misha und lief die Treppen nach unten zum Ausgang. Die kühle Luft tat ihrem erhitzten Gehirn gut. Eigentlich könnte sie wieder boxen gehen, wenn ihr Körper nicht so sehr rebellieren würde.

„Warte mal", Petr war nun wieder neben ihr. „Warum bist du immer so kurz angebunden?", er berührte sie am Ärmel, doch Misha machte deutlich, dass sie davon nichts hielt. Trotzdem bemühte sie sich langsamer zu laufen. Plötzlich fühlte sie sich entkräftet und außer Atem.

„Man muss vorsichtig sein, wer einem auf den Fersen ist", erwiderte sie kryptisch.

„Wir sind in Mela", betonte Petr.

„Wurde nicht dein Vater von einem Auftragskiller verfolgt?", sie drehte sich abrupt um und lief rückwärts vor ihm her.

„Das war vor über fünf Jahren und ein singuläres Ereignis", er schüttelte den Kopf.

„Da wo ich herkomme sind das keine singulären Ereignisse", sie verschränkte die Arme vor sich.

„Okay", er verdrehte die Augen. Dann holte er tief Luft. „Können wir uns nicht wie ganz normale Leute treffen und darüber reden? Ich möchte mehr darüber wissen."

Misha kaute auf ihrer Unterlippe. „Das alles ist eine sehr persönliche Sache. Ich denk drüber nach, okay?"

Dann drehte sie sich um und lief nach Hause. Es gab viel, worüber sie nachdenken musste.

-21-

Aber dann dachte sie gar nicht darüber nach, sondern stürzte sich in die Vorbereitungen für die Abschlussprüfung und arbeitete in der wenigen freien Zeit, die sie dann noch hatte, an ihren Notizen, die ihr halfen, alles um sie herum loszulassen.

„Wie läuft es in deinem neuen Job?", fragte Neev sie, als sie eines Abends auf dem Taschencomputer anrief.

„Sehr gut, ich hab mich irgendwie reingefunden und es wird mit jeder Woche besser. Es ist, wie du gesagt hattest, ich hab da meinen Freiraum und trotzdem bin ich ein Teil des großen Ganzen und muss nicht vereinsamen. Danke für deine Beratung."

„Das freut mich", hörte Misha sie lächeln.

„Und dann habe ich nächste Woche die mündliche Prüfung für meinen Abschluss."

„Cool, du hast es wirklich geschafft, du bist voll der Überflieger."

„Ach, komm."

„Na, was? Wer kann das schon in deinem Alter vorweisen?"

„Wenn du wüsstest…", Misha warf sich auf ihr Bett und vergrub den Kopf zwischen zwei Kissen.

„Hmm?"

„Das alles kann nicht darüber hinwegtäuschen, dass es Sachen geben wird, die ich nicht nachholen können werde", seufzte Misha und zupfte an einem Faden der Bettdecke.

„Was meinst du damit?"

„Sag mal, Neev", versuchte Misha das Gespräch in eine andere Richtung zu lenken. „Was denkst du darüber, dass ich eine Mythologie Melas schreiben könnte?"

„Eine was?"

„Kennst du Mythologien? Aus deinem Heimatland oder so? Bei uns in Jaku haben wir da viel mit Waldgeistern, beseelten Flüssen und unsichtbaren Hausbewohnern, die im Ofen schlafen und allgemein viel Symbolik und Deutung von Naturphänomenen. Ich habe in den letzten fünf Jahren zu Mythologien auf der ganzen Welt geforscht und bei Juri meine Abschlussarbeit dazu geschrieben. Es geht dabei meistens um Sphären, die nicht direkt zugänglich sind, um eine erweiterte Sicht auf die Realität, um eine Verbindung mit der Welt, bei der das Individuum im direkten Kontakt mit seiner Umwelt steht, manchmal vielleicht sogar von einer Ebene in die andere übergeht, wenn das jetzt nicht zu schräg klingt."

„Wow, Misha, das ist... ich weiß gar nicht, was ich sagen soll... das klingt so inspirierend. Und du willst das auf Mela übertragen?"

„Ja, irgendwie", Misha drehte sich auf den Rücken und schloss die Augen. „Ich habe schon mit einer Sammlung von Orten und Geschichten angefangen, ich weiß nur nicht genau, auf welche Weise ich das Ganze zugänglich machen kann. Im Moment gibt es eine Übersicht in Kartenform, du kannst es dir auf der App anschauen, was ich eingetragen habe."

„Sehr gerne. Weißt du, Misha, ich hatte doch diesen komischen Traum von dir. Hing das auch damit zusammen?"

„Ich denke schon. Keine Ahnung. Hängen nicht alle unsere Träume zusammen und ergeben zusammengesetzt wie ein Mosaik ein großes Bild? Ich weiß es ehrlich nicht. Aber bei vielen Leuten überall auf der Welt spielen Träume bei Mythologien eine wichtige Rolle, sind der Schlüssel zu einer anderen Welt. Aber ich glaube, diese andere Welt, die leben wir schon immer, wir nehmen sie nur nicht so wahr, wenn wir mit Arbeit und Alltag beschäftigt sind. Deswegen möchte ich mehr Ankerpunkte setzen, möchte die mythischen Orte in Mela sichtbar werden lassen und hören, was die anderen Leute dazu sagen, wie sie es wahrnehmen. Sorry, jetzt habe ich so viel geredet", Misha lachte nervös.

„Misha, ich bin ganz ergriffen von deinen Ideen. Weißt du, als ich wir uns in meinem Graphic Novel begegnet sind, da hatte ich zum ersten Mal in meinem Leben das Gefühl, ich könnte meine Bilder schmecken, atmen, sie durchdringen. Ich hatte fast.. ich weiß, es klingt verrückt…", Neev kicherte, „…fast das Gefühl, unter der Stadt wären diese blauen Flüsse und sie würden anschwellen und nach oben dringen, sie würden alles ultramarin färben und uns mitreißen. Aber in einem guten Sinne."

„Ich finde, das klingt nicht so unwahrscheinlich", Misha zuckte mit den Schultern. „Ich habe schon einiges erlebt, das ist nicht das Verrückteste davon."

„Aber…", Neev rang nach Worten. „Wenn das stimmt, dann könnte man ja alles machen. Dann könnte ich ein grünes Graphic Novel schreiben und malen und dann wäre die Welt auf einmal grün? Das wären dann doch nur Phantasien und hätten mit der Realität nichts zu tun."

„Glaub mir, Mela ist nicht grün", betonte Misha mit Nachdruck. „Und nein, in der Welt der Mythologien ist nichts beliebig. Ich habe es ausgetestet. Ein Schiff ist kein Zug und ein Zug ist kein Flugzeug und ein Flugzeug kein Kamel. Du kannst nur das herausschälen, was irgendwie schon da ist, aber kein Hokuspokus betreiben und nach Belieben eine Maus in einen Elefanten verwandeln."

„Na, wenn du es sagst", lachte Neev.

Sie verabschiedeten sich voneinander und Misha blieb mit einem kribbeligen Gefühl und einem Grinsen im Bett liegen. Dieses Gespräch. Sie schüttelte den Kopf.

Dann machte sie sich bettfertig und löschte das Licht, kroch unter die Bettdecke. In den letzten Tagen hatte sie sich nicht viel Raum für das Träumen und Weltenwandern genommen, insbesondere seit dem Gespräch mit Petr. Aber heute wollte sie nochmal in den Modus der Welt kommen, von dem sie Neev erzählt hatte.

Misha dachte darüber nach, dass sie es nicht mehr zeitgemäß fand, dass fast alle Mythologien, denen sie begegnet war, ausschließlich mit dem, was die Menschen als ‚Natur' bezeichneten, assoziiert waren. Sie hatte da einen viel breitere Vorstellung davon, deswegen wollte sie ja etwas Neues entwerfen.

Deswegen ließ sie ihre Gedanken umherspringen und schauen, wo sie hängen blieben, welche Bilder und Eindrücke sich ihr aufdrängten.

Sie dachte an die vielen Nächte, an denen ihr Containerschiff an einem der riesigen Häfen ankam und zuerst entladen und dann wieder beladen wurde. In dieser Zeit hatte die Crew Ausgang und begab sich das erste Mal seit Wochen an Land.

Misha mochte dieses nächtliche Anlegen überhaupt nicht. Aber es war zu unsicher allein an Bord zu bleiben, denn da würde niemand sie schreien hören. Also schlich sie mit den anderen über das finstere und einsame Hafengelände, während über oder neben ihnen die Container mit viel Quietschen und dumpfen Aneinanderschlagen von den riesigen Kränen bewegt wurden.

Als sie das erste Mal in diese Situation gekommen war, hatte sie überlegt, sich bis zum Sonnenaufgang irgendwo zu verstecken und so lange auszuharren, bis das Schiff wieder abfahrbereit war. Doch es bot sich nichts dafür an, und in einem der Container wollte sie auch nicht herumsitzen.

Also war sie ihrer Crew gefolgt, die in alle Richtungen ausgeströmt war. Alle von ihnen hatten unterschiedliche Bedürfnisse, aber der Großteil war in einer Kneipe, Bar, Spielsalon oder einem anderen Establishment gelandet. Misha hatte sich diesmal den Leuten angeschlossen, die in eine schummrige Kneipe spaziert waren, in der es bis oben hin voll war. Irgendwie hatten sie sich an einen Tisch gequetscht, Misha war mittendrin. Sie bestellte sich ein alkoholisches Getränk, das sie die ganze Nacht über nicht anrührte und dafür den anderen Leuten, von denen sie ein paar kannte und ein paar nicht kannte rechts, links und gegenüber von ihr zuhörte.

Der ganze Laden hing voller Rauch, der ihr in den Augen brannte und die dutzenden von Leuten redeten alle durcheinander, grölten, lachten, weinten und schrien, als gäbe es kein Morgen mehr.

„Als wir mitten auf dem Ozean, mehrere Wochen von dem nächsten Hafen entfernt, einen Motorschaden hatten", erzählte gerade ein Seemann, der ihr gegenüber saß und ganz klassisch eine Zahnlücke, eine abgesenkte Augenbraue und nur drei Finger an einer Hand hatte, „da war uns das Lachen vergangen", er fuhr sich mit den drei

Fingern durch die Fetzen von Haupthaar und rümpfte seine Kartoffelnase, als wäre es eine nervöse Angewohnheit. „Der Techniker war ein Säufer, der nichts drauf hatte, das haben wir aber erst dann gemerkt", er lachte ein tiefes und rasselndes Raucherlungen-Lachen. „Und nachdem wir alle anderen Möglichkeiten ausgeschöpft hatten, so blieb uns nur noch beten", er betonte das Wort auf eine Weise, dass Misha wusste, dass es hier nicht um ein Gebet an Gott handelte, sondern eher ein Äquivalent zu ‚auf das Unmögliche hoffen'.

„Wir liefen an Deck", fuhr er jetzt mit fast flüsternder Stimme fort und um ihn herum ebbte das Gemurmel etwas ab, „weil es plötzlich merkwürdig windstill war, es gab noch nicht einmal die kleinste Welle. Eine eigenartige Stimmung legte sich über uns wie ein weiches Tuch", er machte mit seinen Händen eine entsprechende Handbewegung, „und ich schwöre bei Gott, dass die Wolken über uns aufrissen, ein scharfer Wind um die Ecke kam, das Meer sich mit einem Mal aufbäumte, ein Glockenläuten war zu hören und wir wissen alle, dass das nur die Toten sein können", er sprach das Wort so laut aus, dass alle zusammenzuckten, „und eine riesige schwarze Krähe direkt über unsere Köpfe flog und ihr furchterregendes Geschrei verkündete unser Todesurteil, aber dann kam von oben ein Donnerschlag, der so heftig war, dass einer der Container ganz oben erzitterte und ins Wackeln geriet, das ganze Schiff wurde durchgeschüttelt, der Container fiel ins Meer und der Motor sprang an und da wussten wir, das Schicksal hatte uns noch einmal davon kommen lassen."

Die Leute klatschten und grölten.

„Du hast doch zu viel Lack eingeatmet", rief plötzlich einer von einem anderen Tisch und alle lachten.

„Was hast du gesagt", der Erzähler stand so abrupt auf, dass sein Stuhl nach hinten kippte und verzog sein Gesicht zu einer fürchterlichen Grimasse, bei der Nase und Mund und Augenbrauen zusammenwuchsen.

Er lief nach hinten und es folgte ein lautstarker Streit, dem Misha nicht folgen konnte, weil Petr den Platz von dem Geschichtenerzähler eingenommen hatte.

„Was machst du hier?", fragte Misha während ihr die Kinnlade runterfiel. „Du bist schon wieder in meiner Vorstellungswelt Schrägstrich Erinnerung Schrägstrich Traum."

„Ich war in der Nähe", Petr zuckte beiläufig mit den Schultern und schaute sich interessiert um.

Misha fragte sich währenddessen, ob er sich wie eine Traumfigur benahm oder nicht. Das war schwer zu sagen. Eigentlich war ihr diese Unterscheidung nicht wichtig. Wenn sie ein bedeutendes Gespräch mit einer Traumfigur hatte, war es nebensächlich, ob diese Person in einer Ebene der Realität unabhängig von ihrem Bewusstsein existierte oder nicht, es war so oder so eine bedeutende Interaktion. Aber mit Petr war es anders, denn er hatte irgendwie die bisherigen Regeln, nach denen das hier ablief, verdreht.

„Du bist zufällig in einer Hafenkneipe am anderen Ende der Welt?", fragte Misha und hob eine Augenbraue.

„Ich…", er rieb sich die Stirn, „ich kann mich nicht genau erinnern, es ist alles etwas verschwommen… Was ist mit Lichtschaltern? Sind hier welche?", er schaute sich suchend um.

Misha lehnte sich nach hinten und lachte so laut, dass die Leute sich rechts und links nach ihr umdrehten.

„Was ist mit dir los?", fragte Helga, eine ältere stämmige Frau, die aus Mishas Crew war.

„Der da fragt sich gerade, ob er träumt", sie zeigte auf Petr.

„Was bist du für eine Landratte?", grunzte Helga ihn an, während ihr linkes Auge zuckte.

„Er ist hier zufällig reingestolpert", erklärte Misha.

„Junge, wenn du noch nie rohe Fischaugen verdrückt und noch niemanden um die Ecke gebracht hast, dann hast du hier nichts verloren", röhrte sie.

„Misha hat auch niemanden umgebracht", argumentierte er mit unsicherer Stimme.

Helga hob die Augenbrauen und drehte sich zu Misha. „Dann kennst du das Mädl hier nicht gut", Helga klopfte ihr auf die Schulter und stand auf, um sich noch weitere alkoholische Getränke zu holen.

„Was meint sie damit?", Petr runzelte die Stirn.

„Es ist hier nicht so wie bei der Bürgergeld-Abrechnung", meinte Misha bloß und seufzte.

„Das ist die Arbeit, die wir beide machen, nicht?"

„Ja, genau. Und weißt du noch, dass du mich in dem anderen Traum besucht hast?"

„Nein, nein", er machte eine abwehrende Geste, „das ist zu viel, zu komplex. Darüber können wir uns jetzt nicht unterhalten, sonst wird mir schwindelig. Weißt du, das ist so, wie wenn man versucht sich vorzustellen, dass Zwillinge unterschiedlich altern, wenn einer zum Saturn fliegt und der andere nicht, da wird mir ganz schlecht davon."

„Okay, dann schau mir in die Augen", Misha fixierte ihn mit ihrem Blick. „Wusstest du, dass sobald du dich auf einen fixen Punkt konzentrierst, alles andere von dir abfällt und mit einem Mal die Welt sich ändert? Schon mal ausprobiert? Aber du musst es wirklich mit all deinen Sinnen und all deinen Zellen wollen, sie müssen alle auf das Eine ausgerichtet sein. So wie bei der Erzählung vorhin, wo die Crew sich an Deck versammelt hatte. Wieso glaubst du, ist ihnen dieses ‚Wunder' passiert? Es kann tausend Erklärungen dafür geben, fest steht, in diesem Moment waren sie mit ihrem ganzen Sein kondensiert und Emergenz konnte entstehen. So funktionieren Mythologien meiner Meinung nach. Oder Glauben. Oder Transzendenz. Oder Glück. Oder alles Mögliche. Das heißt nicht, dass dabei immer etwas Gutes rauskommt, es ist nicht Wunschdenken oder Wunscherfüllung oder Materialisierung. Das ist Weltwerden. Weißt du, was ich meine?"

Misha fixierte weiter Petrs Augen und vernahm, dass der Trubel der Kneipe um sie herum abflaute und weiter weg transportiert wurde. Sie traute sich nicht zu schauen, was an seine Stelle trat, weil sie fürchtete, der Kontakt würde abbrechen. Es war auf jeden Fall alles unscharf geworden. Petr schien auch mit seiner Konzentration zu kämpfen, ein paar Schweißtropfen bildeten sich auf seiner Stirn und seine Augen verengten sich, als würde er ein schweres Gewicht stemmen.

„Es ist die Dunkelheit, ich versuche sie aufzuhalten", quetschte er schließlich zwischen den Zähnen hervor. „Das passiert, wenn *ich* mich zu sehr konzertiere, sie kriecht heran und verschlingt alles. Die ganze Kneipe ist weg, und jetzt? Was ist jetzt mit deinem Weltwerden? Keine Welt da."

„Ach komm, Dunkelheit hat einen viel zu schlechten Ruf", winkte Misha ab, auch wenn sie sich nicht sicher war, ob sie noch Hände hatte, sie sah den Rest ihres Körpers nicht mehr. „Hell, dunkel, das sind nur abstrakte

Konzepte. Und überhaupt, Grau ist viel schlimmer", nickte Misha, "es ist so unbeweglich und wie Stillstand, oder?"

"Nein, nein", Petr schüttelte den Kopf. "Ins Schwarze fällt man rein und ist weg."

Und dann hörte Misha nur noch ein Schreien und richtete sich schweißgebadet in ihrem Bett auf. Verdammt, das war wohl ein sehr intensiver Traum gewesen.

Sie rieb sich die Schläfen und schaute auf die Uhr. Sie hatte bloß eine Stunde geschlafen. Es kam ihr vor, als wäre sie die ganze Nacht unterwegs gewesen. Kurz rekapitulierte sie die Ereignisse und versuchte, sich die markanten Punkte zu merken. Das alles war so hyperreal gewesen, der Hafen, die Spelunke, Petr. Wie in einem Sturm war sie durch die Ereignisse gefegt und schmeckte immer noch den Rauch auf der Zunge, hörte das Schreien von Petr und sah das alles verschlingende Schwarz. War das sein Anteil am Traum gewesen? Denn normalerweise kamen alles verschlingende Abgründe bei Misha nicht so prominent vor. Es war eher das Schwanken und der Kontrollverlust und ein Betongrau, die ihr Probleme bereiteten.

Misha ließ sich wieder in die Kissen fallen. Zwar war sie jetzt hellwach, aber sie wusste, dass sie bloß die Augen schließen musste und der Schlaf kam wieder zu ihr.

-22-

„Stella, du bist die Protokollantin?", Misha schaute sie ungläubig an.

„Die Welt ist klein", zuckte Stella fröhlich mit den Schultern, als sie so neben Juri in einem der Seminarräume saß, in dem Misha noch nie gewesen war. „Seit meiner Promotion helfe ich Juri immer wieder aus, wenn es eng wird."

„Können wir loslegen?", Juri räusperte sich und schaute auf die Uhr.

„Natürlich", Misha streckte ihren Rücken und setzte ihr höflichstes Lächeln auf.

Und dann ging es los mit den Fragen. Über die Ursprünge der Gesellschaftswissenschaften. Über die wichtigsten Theorien des Fachs. Die aktuellsten Kontroversen in der Wissenschaft. Dann über die Schwachstellen ihrer Arbeit. Ihre fehlende Partizipation im Studium. Ihre ungewöhnlichen Quellen. Und so weiter. Am Ende glaubte Misha, sie würde niemals bestehen. Juri hatte wirklich überall gegraben und jeden Stein umgedreht. Misha sah nur noch einen unzusammenhängenden Haufen Geröll vor sich. Und dann war es vorbei.

Misha verließ den Raum und lief den Flur auf und ab, ließ sich schließlich auf den Boden gleiten und atmete tief aus. Prüfungen waren wirklich nicht ihr Ding und für dieses Jahr hatte sie genug davon gehabt. Wenn sie hier fertig war, dann würde sie… irgendwas machen, was sie absolut glücklich machte. Tagelang im Bett liegen und Schokolade essen. Einen Ausflug in die Umgebung machen, eine lange Wanderung oder sowas. Auf ein Konzert gehen. Tanzen.

Boxen. Misha lachte. Nichts davon würde sie machen. Sie würde arbeiten. Aber es war schön, es sich vorzustellen.

Und dann wurde sie hereingerufen.

„Misha, ich darf dir gratulieren", verkündete Juri feierlich und hielt eine Urkunde in der Hand. „Du hast deinen Abschluss in Gesellschaftswissenschaften mit gutem Erfolg erreicht und ich hoffe, dass ich von dir in dieser Hinsicht noch mehr hören und lesen werde. Aber jetzt darfst du erstmal feiern."

Misha verbeugte sich und nahm die Urkunde entgegen. Und dann erschien hinter ihr eine kleine Gruppe von Leuten. Fjodor, Helena, Cleef, Marc, Neev und ein paar andere, die sie nicht kannte. Halb hielt sie nach Petr Ausschau, aber er war nicht dabei.

„Herzlichen Glückwunsch."

„Du hast es geschafft."

„Gratulation."

Sie brachten etwas zum Anstoßen und Häppchen mit. Es wurde gelacht und geschwatzt. Aber es ging auch alles so schnell, dass Misha kaum Gelegenheit hatte, mit den Ereignissen Schritt zu halten. Die Leute und Gespräche rauschten an ihr vorbei und ehe sie sich versah, wurde schon zusammengepackt.

„Du bist wieder da", Marc schaute sie bedeutungsvoll an und Misha hatte Mühe, an ihren Kontakt anzuknüpfen, weil sie damals so jung gewesen war, er sich aber kaum verändert hatte. Mit Juri war das einfach gewesen, weil sie eine professionelle Beziehung hatten, zum Schluss.

„Ja. Plan B ist aufgegangen. Mit viel Mühe und Not. Es war ein Kampf, wie so alles."

„Das tut mir leid."

„Marc, bloß kein Mitleid", erwiderte sie ernster als geplant. Solche Kommentare regten sie einfach auf.

„Okay", er machte eine entschuldigende Geste und Misha kam sich vor wie ein überreizter Teenager. Manchmal waren soziale Interaktionen voller Fallstricke. „Ich bin einfach froh, dass du wieder hier bist. Und wenn du Hilfe brauchst, Juri und ich sind immer für dich da."

„Danke. Auch für deine Unterstützung damals, das hat mir viel bedeutet", sie schaute auf den Boden. An diese Zeit dachte sie nie gerne zurück. Ihre ganze Vergangenheit war eigentlich voller Tretminen.

„Misha, das ist Theo", Neev war rechts von ihr und stellte ihr den Menschen neben sich vor. „Mein Ehemann."

„Es freut mich, dich kennen zu lernen", Misha schüttelte seine Hand und dachte an die eine Gestalt aus Neevs Graphic Novel.

„Ich habe schon viel von dir gehört", er lächelte und strich eine schwarze Haarsträhne hinter das Ohr. „Du musst unbedingt mal auf einen Tee bei uns reinschauen."

„Darauf komme ich gerne zurück."

„Ruf mich an, okay?", Neev winkte und sie gingen.

„Misha, wir müssen los", Stella und Fjodor, Helena und Cleef hatten Taschen und Körbe in den Händen. „Wir sehen uns im Stadtteiltreff, okay?"

„Danke euch. Bis dann", nickte Misha.

„Also, Misha", Juri kam auf sie zu, während die anderen schon am Gehen waren.

„Danke", Misha hielt sich die Urkunde ans Herz, so als wollte sie sie notfalls mit ihrem Leben verteidigen.

„Du hast außergewöhnliche Arbeit geleistet", Juri räumte auch seine Unterlagen zusammen. „Eine

Studentin wie dich hatte ich noch nie gehabt. Die anderen können sich ruhig eine Scheibe von dir abschneiden. Von deiner Disziplin, deinem Durchhaltevermögen."

„Alles hat seinen Preis", erwiderte Misha mit einem wehmütigen Lächeln.

„Mit einem Schul- und Uniabschluss kannst du jetzt selbst entscheiden, für was du welchen Preis zahlen willst, oder?"

„Das ist die Frage, oder?"

„Wir bleiben in Kontakt, ja? Lass mich wissen, was du als nächstes ausbrütest."

„Auf alle Fälle."

Sie ging die Treppenstufen runter, stieß die große Tür auf und blieb davor stehen. Mit ihrem Job konnte die Prüfung nur am späten Nachmittag stattfinden und es war schon wieder dunkel geworden. Der kühle Wind berührte ihr Gesicht. Jetzt hatte sie ein Stück Papier, das sie enger an sich hielt als alles andere. Es hatte viele warme Worte gegeben, viele Versprechen. Jetzt lag es an ihr, etwas daraus zu machen.

Sie trat auf den kleinen Vorplatz der Universität, als Petr sich aus den Schatten löste und auf sie zukam.

„Ich wollte dir auch noch gratulieren", sagte er und schaute verlegen auf den Boden.

„Danke", sie reichte ihm die Urkunde und er studierte sie eindringlich.

„Gleich eine Gehaltsstufe aufgestiegen", bemerkte er und gab ihr das Papier zurück.

„Hat Juri dir erzählt, dass ich heute…", sie setzten sich in Bewegung und Misha lief instinktiv Richtung Altes Industriegebiet.

„Ja, er hat es erwähnt, es hat ihn sehr beschäftigt."

„Was hat er dir sonst noch so erzählt?", Misha hielt die Luft an.

„Nicht viel. Damals, vor fünf Jahren hab ich dich kaum mitbekommen, obwohl das wohl eine große Aufregung war, für die anderen jedenfalls. Aber ich war mit mir selbst beschäftigt, ehrlich gesagt", er lachte unsicher. „Ich weiß, dass du deine Familie verlassen hast", er zählte an den Fingern ab, „dich nicht in Mela aufhalten durftest, fünf Jahre auf Containerschiffen angeheuert hast, danach hierhergekommen bist und schließlich deinen Schul- und Uni-Abschluss nachgeholt hast."

„Das kommt hin."

„Und was haben dir Juri und Lea über mich erzählt?"

„Nichts", schnaubte Misha. „Zu Lea habe ich keinen Kontakt mehr. Ich meine, wir haben uns damals ganz okay verstanden, aber mehr auch nicht. Es gab keinen Funken, der übergeschlagen wäre, wenn du weißt, was ich meine. Ich dachte damals oft genug, dass sie sehr verwöhnt und… wie soll ich es nett ausdrücken… sehr selbstbewusst war. Ich hoffe, das nimmst du mir nicht übel."

„Kein Problem. Es war ein ständiges Thema zwischen uns. Mal sehen, wie sie drauf ist, wenn sie zurückkommt", seufzte er.

Sie stiegen in eine Bahn und setzten sich gegenüber voneinander. Misha beobachtete, wie er nachdenklich nach draußen blickte. Seine kurzen Haare waren denen von Juri sehr ähnlich, doch sein Gesicht war schmaler, seine Finger trommelten auf seinem Knie. Misha fand, dass er eine sehr sportliche Figur hatte mit schmalen Hüften und sehnigen Armen und Beinen. Aber er war mindestens fünf Jahre älter als sie. Ob er dann überhaupt etwas mit ihr zu tun haben wollte? Misha schüttelte den Kopf.

Ganz sicher nicht. Die Träume, das waren eine Sache, aber sonst? Sie war in dem Alter seiner kleinen Schwester. Sein Vater war ihr Lehrer (gewesen). Und dann war da ihr Aussehen, ihre Herkunft, ihr Hintergrund, davon wollte sie gar nicht erst anfangen. Während alle anderen Jugendlichen normal sozialisiert wurden und ihre ersten Erfahrungen in Freundschaft und Beziehung machen durften, war das bei Misha absolut kein Thema gewesen, es hatte keinen Raum dafür gegeben. Sie seufzte.

„Was geht dir durch den Kopf?", fragte Petr und lehnte den Kopf an die Scheibe.

Misha lachte nervös und ihr Blick sprang hin und her. „Ich…", sie räusperte sich und richtete sich etwas mehr auf, „ich…", sie schaute ihn an und sah in seinen Augen das Schwarz von ihrem Traum. „Fällst du öfter in das Schwarz rein und bist dann weg?"

Petrs Blick verdunkelte sich kurz. War sie zu weit gegangen? Sie kannten sich nicht einmal richtig und wussten diese persönlichen Dinge voneinander, das war irgendwie verwirrend.

Petr stand abrupt auf und ging zum Ausgang.
„Warte", rief sie ihm hinterher. „Ich wollte nicht…"
Doch er war schon ausgestiegen.

Misha stapfte nach Hause. Sie hatte etwas Falsches gesagt, definitiv. Aber woher sollte sie wissen, was das Richtige war? Es war unfair, dass andere ständig in ihren wunden Punkten herumstocherten und sie dazu lächeln musste und sie mal *einen* falschen Kommentar machte… Sie verschränkte die Arme vor sich. Vielleicht sollte sie sich von anderen Menschen und vor allem ihren Träumen fernhalten. Sie hatte vergessen, dass die anderen auch ihren

Ballast mit sich herumschleppten und das Problem darin bestand, dass so wenig davon vermittelbar war.

Misha ließ sich in ihre Wohnung rein und warf erschöpft ihren Rucksack in die Ecke. Sie hatte Hunger. Von den Häppchen hatte sie nicht so viel abbekommen, weil sie so aufgeregt am Reden war. Und hier gab es nicht viel, was sie essen konnte. Sie schmierte sich eine Scheibe Brot mit Butter und kaute lustlos auf dieser herum. Währenddessen schrieb sie Petr eine Nachricht.

„Petr, es tut mir leid, wenn ich dir zu nahe getreten bin. Danke, dass du vorbeigekommen bist, um mir zu gratulieren, ich habe mich sehr darüber gefreut. Ahoi, Misha."

Sie klickte auf Senden, bevor sie es sich anders überlegen konnte und legte das Gerät weg. Morgen war wieder ein Arbeitstag, also ging sie schlafen.

Irgendwie war sie viel zu früh aufgewacht und hatte sich hin und her gewälzt. Schließlich stand sie auf und zog sich an. Nachdem sie ein paar Sachen in ihren Rucksack geworfen hatte, verließ sie ihre Wohnung und trat auf die noch dunkle Straße. Kurz schüttelte sie sich, weil es noch sehr kühl war und zog den Kragen von ihrer Jacke hoch. Sie hatte noch keine Lust, direkt ins Büro zu gehen und stromerte etwas ziellos durch die Gegend.

Sie fand einen verwahrlosten schwarzen Handschuh, nahm ihn auf und hatte das Bedürfnis, damit etwas zu machen, das keinen direkten Sinn ergab. Also holte sie ein Band aus ihrem Rucksack, sammelte noch ein paar gut erhaltene Herbstblätter auf und band das alles an eine Laterne. Sie trat ein paar Schritte zurück und machte mit ihrem Taschencomputer ein Foto von ihrem Werk. Wegen dem fehlenden natürlichen Licht war das Foto nicht sehr aussagekräftig, aber das war okay.

Sie zog weiter und fand einen abgebrochenen Zweig und eine alte durchsichtige Plastiktüte, die der Wind vor sich her trieb. Zusammen mit einer abgenutzten Haarspange eines Kindes ergab das Ganze ein Mini-Kunstwerk, welches an eine Sitzbank gebunden wurde. Abgebrochene Steine am Straßenrand stapelte sie zu einem Turm. Einen Haufen Tannenzapfen wurden zu einer Sonne arrangiert. Der Rest eines Rohres wurde zu einer Vase für Zweige und Blätter. Ein Absperrband zu einer Schleife. Ein paar Notizblätter zu Papierfliegern.

Als Misha schließlich in ihrem Büro ankam, fühlte sie sich bereit für die Abrechnung von Unterkunfts- und Heizkosten, für die gerechte Verteilung von Punkten, für die Bearbeitung von Neuzugängen und Wegzügen. Sie fühlte sich merkwürdig im Einklang mit sich und der Welt und war froh, dass es nur relativ unkomplizierte Vorgänge zu bearbeiten gab. Sie hatte jetzt keinen Kopf für unlösbare Probleme.

Am frühen Nachmittag stand plötzlich Petr in der Tür und schaute sie etwas schuldbewusst an.

„Hey", sagte er bloß und als ihre Augen sich trafen, erschien ein Lächeln auf seinem Gesicht.

„Hallo Petr", erwiderte Misha und sortierte dabei irgendwelche Blätter.

„Ich wollte dich fragen, ob du mit mir auf die Neujahrsfeierlichkeiten gehen möchtest?", fragte er und lehnte sich in den Türrahmen.

„Hmm?"

„Naja, wir haben jedes Jahr ein paar Aktivitäten in der Stadt, am letzten Tag des Jahres, und ich würde mich freuen, wenn wir den Tag zusammen verbringen würden."

„Okay", Misha zuckte mit den Schultern.

„Alles klar", Petr stieß sich von dem Türrahmen ab. „Ich sag dir dann Bescheid, wann es losgeht."

„Prima. Ich freu mich."

Zwei Tage später ging es los. Die ganze Stadt hatte zwei Tage frei, an dem letzten Tag des alten Jahres und dem ersten Tag des neuen Jahres. Bis dahin hatte Misha gar nicht so viel davon mitbekommen, dass sich Feierlichkeiten anbahnten, aber am letzten Arbeitstag sprachen alle um sie herum von nichts anderem. Es gab wohl Konzerte, Theater- und Tanzaufführungen, Partys und sonst noch alle möglichen Events. Misha fragte sich, was Petr vorhatte. Er wollte sie nachmittags abholen.

Bis dahin hatte Misha erstmal ausgiebig geschlafen, hatte dann die Wohnung aufgeräumt, hatte versucht die Weltnachrichten zu lesen, aber diese deprimierten sie zu sehr und dann waren es immer noch zwei Stunden, bis Petr kommen würde. Um nicht vor Nervosität umzukommen über das, was sie noch erwarten würde, beschloss sie an der Mythologie Melas weiterzuschreiben, denn so konnte sie sicher sein, dass ihre Gedanken voll und ganz vereinnahmt waren.

Zuerst erstellte sie sich ein Profil auf einer der großen sozialen Plattformen, obwohl sie sich bisher dagegen gesträubt hatte. Immerhin könnte jemand von ihrer Familie sie darauf kontaktieren. Misha hielt das für sehr unwahrscheinlich, aber alles war möglich. Ihre Eltern und ihre Geschwister hatten sich noch nie groß für diese Dinge interessiert und waren für Misha gedanklich und emotional so weit weg. Sie hoffte, dass das so bleiben würde.

Dann nahm sie sich ihre Fotosammlung vor und postete diese dort, zu jedem Bild schrieb sie ein paar Sätze darüber, was dieser Ort für sie bedeutete und warum sie dachte, dass er im Rahmen einer modernen urbanen Mythologie begriffen werden konnte.

Es fiel ihr sehr schwer, ihre Ideen dazu in Worte zu fassen und sie kaute mehr als einmal auf ihrer Unterlippe herum, bis sie zufrieden mit dem Ergebnis war. Sie wollte sich nicht esoterisch anhören und von Energieströmen sprechen, sie wollte nicht religiös klingen und von einer höheren Existenz schreiben, sie wollte nicht (pseudo)-wissenschaftlich oder essayistisch erscheinen. Was wollte sie eigentlich? Eine Mischung zwischen Alltagsbeschreibung, teilnehmender Beobachtung, Poesie und abseitiger Prosa. Man sollte aber auch verstehen, was sie wollte, es sollte also nicht zu verschachtelt und verrückt rüberkommen.

Misha merkte, dass sie zu verkopft da dran ging und versuchte etwas intuitiver zu sein. Und wenn jemand dachte, dass sie nicht mehr alle Tassen im Schrank hatte oder ihre Zeit für sinnlose Dinge verschwendete, dann war das so. Viel wahrscheinlicher war, dass niemand mitbekam, was sie da ausbrütete.

Sie verfasste fünf Beiträge und sah, dass ein paar Leute ihr bereits folgten. Und auf einmal hatte Neev einen Kommentar unter eins der Fotos geschrieben. Bevor sie ihn lesen konnte, klingelte es schon an der Tür und Misha klappte ihre Taschencomputer zu und sprang auf.

„Du bist schon da", begrüßte sie Petr und strahlte ihn an.

Er sah in seiner figurbetonten schwarzen Hose, den schwarzen Stiefeln, die sich von seinen schlanken Beinen deutlich abhoben und dem dunkelblauen Kapuzenpullover mit Jacke auch zum Anstrahlen aus.

Sie dagegen hatte überhaupt keine Kleidung zum ‚Ausgehen' und suchte noch den einen Socken, der irgendwo sein musste. Petr schien ihr in allem überlegen zu sein, er hatte fünf Jahre Vorsprung in Lebenserfahrung, kannte sich in Mela super aus, war im Job etabliert, hatte Familie und Freunde. Und sah gut aus. Misha konnte zwar mehr Seemannsknoten und war sehr erfahren in Selbstverteidigung, aber mehr viel ihr nicht ein, mit was sie punkten konnte.

„Ich bin gleich soweit", sie hüpfte auf einem Bein, während sie ihren linken Stiefel schnürte und warf sich eine blaue Jacke über, die sie in der Kleidersammlung gefunden hatte. Vielleicht hatte sie mal einem Straßenarbeiter gehört. Wenigstens den grünen Arbeitsoverall musste sie in letzter Zeit nicht mehr so oft anziehen, nur wenn es ihr besonders schlecht ging. Dann tröstete er sie. Aber komplett konnte sie von dem Stil auch nicht lassen.

„Dann kann es ja losgehen", Petr lächelte, rieb sich aber auch nervös die Hände.

Misha steckte ihre lieber gleich in die Taschen ihrer breiten Hose, sie wollte nicht riskieren, dass Petrs und ihre Hände sich berührten, das würde sie jetzt komplett überfordern.

Draußen fielen sie in einen angenehmen Gleichschritt und liefen in Richtung Bahnhaltestelle.

„Ist es okay für dich, wenn ich dir vorher nicht sage, was wir vorhaben, ich möchte dich überraschen", fragte er und schaute verlegen auf den Boden.

„Oh", sagte Misha bloß und vergrub ihre Hände noch tiefer. Sie mochte keine Überraschungen. Das hieß wohl, dass sie die Kontrolle über ihr Leben an Petr abgeben musste? Misha schluckte. Aber sie wollte auch nicht als kompliziert rüberkommen, also musste sie da wohl durch. „Okay", sie nickte. „Solange es nichts...", sie fragte sich, was sie sagen wollte.

„Hm?"

„...nichts ist, was zu eng ist... zu eng an anderen Menschen", murmelte sie.

„Ich glaube das schaffen wir", lachte Petr und Misha wusste nicht, ob er sich über sie lustig machte oder einfach nur die Stimmung auflockern wollte.

Sie stiegen in eine Bahn, die schon ziemlich voll war, sodass sie stehen und sich an den Stangen festhalten mussten. Sie waren sich gegenüber und Misha wurde ganz warm, weil es so nah war und sie sich in der Mitte der Menge zueinander beugen mussten, um sich zu unterhalten.

„Ich war letztes Jahr gar nicht dabei, bei den Feierlichkeiten", erzählte Petr.

„Ich auch nicht", lachte Misha. „Was war deine Ausrede?"

„Ich... ich hatte mich gerade von meinem Freund getrennt und war nicht gut drauf."

„Das tut mir leid", sagte Misha und dachte, dass die Liste, laut der er ihr alles voraus hatte, immer länger wurde. Jetzt auch noch mehr Erfahrungen mit Beziehungen, da konnte sie nicht mithalten. Zählte es, dass sie einmal jemanden einen Kinnhaken verpasst hatte, der sie angegrabscht hatte? Wahrscheinlich nicht.

Sie wurde aus ihren Gedanken gerissen, als jemand sich hinter ihr vorbeidrückte und sie nach vorne, gegen Petr geschoben wurde. Misha drückte unfreiwillig ihre Nase gegen seinen Pullover und dachte, dass er sehr angenehm roch. Hatte sie dagegen heute geduscht? Natürlich nicht. Alte Gewohnheiten waren schwer zu brechen, insbesondere was ihren Körper anging. Kurz stellte sie sich vor, Petr würde ihr denselben Vortrag halten wie Steev damals und eine Welle von Scham schwappte über sie, die sich wie warmes abgestandenes Bier anfühlte.

„Alles okay?", Petr stabilisierte sie an der Schulter und seine sonst so bleiche Gesichtshaut sah warm aus.

Mishas Mund fühlte sich mit einem Mal so trocken an.

„Wir müssen auch gleich raus", er leitete sie zur Tür und sie verließen den Wagen.

„Kennst du Nil? Sie machte gleich eine Lesung, hat ein neues Buch geschrieben", erzählte Petr und zeigte auf ein Gebäude am Ende der belebten Straße in der Innenstadt.

„Machst du Witze? Ich bin seit ein paar Monaten in der Stadt, ich kenne hier niemanden", lachte Misha.

„Das stimmt nicht. Du kennst meine ganze Familie", er zählte an den Fingern ab, „du kennst Neev und Theo, die Leute aus dem Stadtteiltreff, unsere KollegInnen…"

„Okay, ein paar Leute. Und wer ist Nil?"

„Wir haben uns kennengelernt bei…", er zögerte, „…das ist nicht so wichtig. Sie schreibt auf jeden Fall und hat auch noch ein Café, und dort ist die Lesung."

Misha fragte sich, was für eine Geschichte dahintersteckte, ob er auch mit ihr mal zusammen war. Aber da waren sie auch schon in dem engen Treppenhaus und liefen mit ein paar anderen nach oben. Durchquerten einen Eingangsbereich und fanden sich in einem wohnzimmergroßen Raum wieder. Petr navigierte sie zu zwei Stühlen in der letzten Reihe und Misha ließ sich bereitwillig auf einen von ihnen fallen. Zwei Minuten später ging es auch schon los.

Misha bemühte sich, der Autorin vorne zu folgen, aber es viel ihr genuin schwer. Sie konnte nicht viel sehen. Von dem, was sie mitbekam, war Nil eine leicht aufgedrehte Frau Mitte Ende dreißig, die unterhaltsame und leicht surreale Prosa von sich gab. Es hörte sich wirklich interessant an, aber Mishas Gedanken sprangen wie fünf Pingpongbälle gleichzeitig überall herum. Sie fühlte sich nicht ganz zugehörig zu dieser illustren Runde von vielleicht dreißig Leuten, die alle... so hip schienen. Bestimmt bereute Petr es schon sie mitgenommen zu haben. Mussten sie anschließend mit anderen Leuten Konversation betreiben? Misha hatte an sich nichts dagegen, aber wenn es diese nichtssagenden Gespräche waren, würde sie lieber darauf verzichten.

Sie rutschte auf ihrem Sitz hin und her und Petr warf ihr zwischendurch Blicke zu. Kein Grund, nervös zu werden, redete Misha sich ein. Das hier war so oder so eine einmalige Gelegenheit, die Stadt kennen zu lernen, so, wie sie es sich schon seit der Ankunft vorgenommen hatte. Also, tief durchatmen.

„Hat es dir gefallen?", fragte Petr sie anschließend, als sie in dem Trubel von plappernden Leuten und herumrückenden Stühlen standen.

„Ja, es war sehr interessant. Hast du ihre Bücher gelesen?"

„Eins, es war nicht ganz mein Fall…", begann Petr, wurde aber unterbrochen.

„Petr, du bist hier?", fragte ein anderer junger Mann, der auf einmal neben Misha stand.

Die beiden unterhielten sich über belangloses Zeug, das Misha sofort vergaß, stattdessen schaute sie zwischen den beiden hin und her. Der junge Typ hatte dunkelblonde, kurze Locken und strich sich ständig durch die Haare. Flirtete er mit Petr? Misha wollte dem Glück nicht im Wege stehen, aber sie fand, dass Petr eher reserviert reagierte, die Arme vor sich verschränkte, sich zurücklehnte und immer wieder zu Misha schaute, während der andere auf Petr fixiert war und Misha ignorierte.

„Wir müssen weiter", riss Petr sich schließlich los und schob Misha zum Ausgang.

Sie liefen die Treppen wieder runter und standen unten auf der Straße. Es war bereits dunkel und kühl geworden. Misha zog den Reißverschluss ihrer Jacke bis unters Kinn.

„Hast du schon Hunger?", fragte Petr. „Es ist vielleicht etwas früh für das Essen, aber die nächste Veranstaltung beginnt erst in einer Stunde und wir können uns in der Zwischenzeit etwas stärken."

„Gute Idee", nuschelte Misha in ihre Jacke und steckte ihre Hände in die entgegengesetzten Ärmel ihrer Jacke in einer Art Selbstumarmung, um den Wärmefaktor zu erhöhen.

Sie landeten in einem kleinen Imbiss, die so und so ähnlich überall in der Stadt verteilt waren und Misha bestellte sich eine große Teigtasche, die mit Gemüse und Käse gefüllt war, während Petr einen Salat aß. Es war noch ein winziger Tisch am Fenster frei, an den sich gerade so zwei Leute setzen konnten. Im Rest des Ladens waren noch drei andere Grüppchen, die sich alle angeregt unterhielten. So entstand eine gesellige Atmosphäre, die nicht zu störend war.

Misha überlegte fieberhaft, was sie sagen sollte, jetzt, wo sie Zeit zum Reden hatten. Sie wollte ihn mit ihren Kommentaren nicht wieder vergraulen, aber auch kein inhaltsleeres Gespräch führen. Leider war es ihr bisher noch nicht gelungen, da einen Mittelweg zwischen beiden zu finden. Es entstand eine längere Stille zwischen ihnen, die Misha mit jeder Minute schwerer zu ertragen fand.

„Der Traum letztens...", sagte Petr schließlich zwischen zwei Bissen und blickte sie ernst an. „Ich habe mir viele Gedanken darüber gemacht."

„Worüber genau?", Misha kaute auf einem Stück Kürbis.

„Also, erstens fand ich das Setting sehr spannend", holte er aus und schob dabei das Besteck hin und her. „Ich war noch nie in so einer Kneipe gewesen und hatte das Gefühl, die Luft darin hätte man schneiden können, so dicht war das. Das waren ja Leute wie aus einer Piratengeschichte oder so. War das so, für dich?"

„Ja und nein", überlegte Misha. „Im Nachhinein vielleicht schon eher. Aber als ich dort war... Nicht in dieser spezifischen Kneipe, die gibt es nicht, da konnte ich nicht einfach herumsitzen und palavern, da musste ich mich durchbeißen, Leute und Anfragen abwehren, meinen Platz verteidigen. Und die wenigsten Menschen haben gute Absichten. Selbst bei denen man denkt, dass sie keiner Fliege etwas zuleide tun könnten, die klauen dir dein Geld und deine Wertsachen."

„Wie hast du diese Zeit überstanden?", fragte er sanft.

„Das ist eine lange Geschichte", Misha schaute durch das Fenster in die Ferne. „Und du, was hat es mit den Abgründen auf sich?"

Petr ließ sein Besteck sinken und blinzelte ein paar Mal. „Hattest du nie das Gefühl über Bord zu gehen, wenn alles zu viel wird?"

„In der Nacht, wenn es keine Zeugen gab und an Deck andere Gesetze galten als tagsüber, da wurden Leute entsorgt, die sich nicht an die ungeschriebenen Regeln gehalten haben. Der Abgrund verschlang sie. Niemand hat nach ihnen gefragt, es gab keine Nachforschungen, keine Strafverfolgung. Aber ich selbst hielt mich von den Abgründen sehr weit fern. Ich kannte mein Ziel, auch wenn es die meiste Zeit verborgen lag. Deshalb bin ich in meinen Gedanken immer wieder dorthin gereist und dort war es so plastisch wie du jetzt, vielleicht sogar noch plastischer, Träume haben diese Fähigkeit", sie grinste.

„Da bist du sehr viel weiter als ich", er lächelte schief und nahm seine Gabel, um eine Gurke hin und her zu schieben. „In meinen Träumen renne ich immer irgendwohin ohne Ziel, stürze irgendwo hinab oder alles bricht über mir zusammen."

„Aber du kannst bewusst träumen, so wie ich?"

„Ja, aber was bringt es mir? Ich hab versucht das Geschehen, den Ablauf zu ändern, aber es gelingt mir nicht", er ließ seine Gabel mit einem Klirren fallen und schüttelte den Kopf.

„Ändern?", Misha beugte sich nach vorne. „Du musst mit dem Flow gehen, mit den Strömungen. Und wenn deine Strömung ein schwarzes Loch ist, das dich verschlingt, dann musst du dem auch folgen, glaub mir, auf der anderen Seite kommst du bestimmt ganz anders wieder raus."

Petr starrte sie an und Misha wusste nicht, ob sie zu weit gegangen war. Was wusste sie schon von dem Leid anderer? Es sagte sich so leicht, dass man da einfach mal so durchgehen sollte, wenn sie selbst sich immer an ihrem Haarschopf aus dem Sumpf gezogen hatte. Vielleicht hatte sie deswegen so wenige Freunde, es viel ihr schwer sich in das Leben und die Probleme anderer hineinzuversetzen, wenn diese in einer sicheren und freiheitlichen Stadt mit funktionierenden Familien aufgewachsen waren und Leute hatten, die ihnen Pausenbrote geschmiert und Haare gekämmt hatten.

„Ehrlich gesagt, so habe ich das nie gesehen", Petr trommelte mit dem Zeigefinger auf den Tisch. „Ich bin in therapeutischer Behandlung und mache alles Mögliche für meine mentale Gesundheit, aber diese Perspektive ist mir neu. Strömungen? Und diese ganzen Farben? Woher hast du diese Ansichten? Ist das das, worüber du mit meinem Vater gestritten hast?"

„Hm?"

„Er hat einmal erzählt, deine Abschlussarbeit würde ihm Kopfschmerzen bereiten", lachte Petr.

„Das ist gut so", Misha rieb sich die Hände und lachte auch. „Ich habe ein bisschen davon einfließen lassen, aber sonst habe ich mich streng an die Wissenschaft gehalten, es war für Juri wohl manchmal nicht streng genug." Sie machte eine Pause und schob ihre Füße nervös hin und her. „Habt ihr ein okayes Verhältnis zueinander?"

Petr atmete tief ein. „Vor fünf Jahren, als ich meinen Schulabschluss gemacht hatte und ausgezogen war, da kam es zu einem Bruch. Die Gründe dafür sind komplex.

Aber es war eine sehr schwierige Zeit. Viel ist seitdem passiert. Ich habe meine Ausbildung im Maschinenbau abgebrochen, da war wohl die schwierigste Entscheidung. Und irgendwann haben wir wieder miteinander gesprochen. Es ist immer noch etwas angespannt, aber es wird langsam besser."

„Das tut mir leid, das hört sich sehr schmerzhaft an."

„Es ist alles okay", winkte Petr ab und stand auf, um seine Jacke anzuziehen. Misha machte es ihm nach. „Wir haben uns arrangiert, wir kommen wirklich ganz gut aus, es ist natürlich nicht mehr so eng wie früher, aber es geht." Sie traten zusammen auf die Straße. „Es ist nur so, dass ich mit diesen Abgründen nicht so gut zurechtkomme, sie geben mir das Gefühl, irgendwie nicht richtig in der Welt zu sein", er rollte seine Schultern und sein Blick sprang von einem Punkt zum anderen. „Den Kontakt zu verlieren, das ist sehr unangenehm. Deswegen habe ich letzten so reagiert, es tut mir leid."

„Keine Entschuldigung notwendig, es war einfach ein blöder Kommentar", Misha zuckte mit den Schultern und sie liefen los.

„Das Konzert fängt gleich an", Petr zeigte in eine Richtung und Misha nickte.

„Ist es die Band von Marc?", fragte Misha.

„Hmm."

Gleich darauf schlossen sie sich den Menschenströmen an, die alle in eine Richtung flossen. Petr ging vor, als sie in eine Art altes Einkaufszentrum einmündeten und sich dort im hinteren Drittel einen Platz suchten. Auf der Bühne vor ihnen war schon alles aufgebaut und ein schummriges Licht erleuchtete die Instrumente. Es waren sicherlich fast tausend Leute in der Halle, die meisten hielten Getränke in der Hand und unterhielten sich, sodass ein lautes Gemurmel wie in einem Bienenstock entstand. Und dann gingen die Lichter im Zuschauerraum komplett aus und alle Blicke richteten sich nach vorne.

Misha hielt die Luft an, als die Bandmitglieder auf die Bühne traten und die Zuschauer anfingen zu klatschen, es war, als ob ein Energieschub durch die Menge waberte und sie alle erfasste. Marc schlug die ersten Töne an und Misha hätte sich nicht von der Bühne losreißen können, selbst, wenn sie es wollte. Leute fingen an zu tanzen, auch Petr setzte sich in Bewegung, aber Misha fühlte sich zu sehr von sich und den anderen beobachtet, um sich so gehen zu lassen. Außerdem hatte sie seit vielen Jahren nicht mehr ansatzweise etwas gemacht, das Tanzen ähneln würde. Doch Petr hatte schon die Augen geschlossen und sang bei dem Lied mit, worum Misha ihn sehr beneidete.

Sie schloss auch die Augen und erinnerte sich sofort an ihren Ankunftstag in Mela. Es waren die ersten Tage ohne ihre Familie gewesen. Sie war so verdammt unsicher gewesen, es war so viel unklar. Was für ein Glück, dass das jetzt anders war. Sie war zwar noch weit davon entfernt, ihren Platz zu finden, aber viele Probleme hatten sich seitdem erledigt. Misha ließ sich erneut, wie damals, in die Musik fallen und folgte den Gitarren-, Keyboard, - Bass- und Schlagzeugklängen, wo immer sie sie hintrugen.

Sie öffnete die Augen und sah, dass die Leute zu einer Menge verschmolzen waren, die zusammen sangen, tanzten und lachten. Die Klänge durchdrangen dabei alles und als Misha auf den Boden schaute, sah sie zuerst all die wippenden und zappelnden Füße, aber dann auch, dass dort Farben herausflossen, die sich über den ganzen Tanzraum verteilten. Rot, Gelb, Orange, Blau, Grün, Violett, sie alle schwammen auf einem See von gluckernder und blubbernder Farbe, die nach draußen floss und sich über die ganze Stadt verteilte. Der Erdboden unter ihnen schwankte und schaukelte, hob sie hoch und ließ sie wieder fallen, sodass Misha das Gleichgewicht zu verlieren drohte.

„Alles okay?", Petr hielt sie an beiden Schultern fest und Misha öffnete die Augen wieder.

„Ich...", sie wusste nicht, was sie sagen sollte. „Danke", sie zupfte ihre Jacke zurecht und Petr drehte sich wieder nach vorne, um zu klatschen. Misha tat es ihm nach.

Es kam Lied um Lied und Misha sah immer noch die Strömungen von Farben unter sich fließen. Die Farbe war glibberig und dickflüssig, die Farbtöne klar und abgegrenzt. Am besten gefiel ihr das Lila und Rot, sie waren so tief und reichhaltig. Petrs Füße konnten perfekt darauf tanzen, er bewegte sich leicht und mühelos, als würde er im nächsten Moment abheben und losfliegen.

Wie er das mit den Stiefeln schaffte, war ihr ein Rätsel, sie bekam ihre Füße fast gar nicht von Boden. Aber das minderte ihr Konzerterlebnis nicht. Sie ließ sich einfach von der Farbe schaukeln und an einen anderen Ort transportieren, fast wie auf einem fliegenden Teppich.

So wie das Schaukeln auf dem Meer, auch wenn das Schiff oft tagelang kaum vom Fleck zu kommen schien, weil es jeden Morgen immer gleich aussah, so konnte Misha die Wellen nehmen und mit so vielen Blautönen an andere Orte reisen. Es war wie sie gesagt hatte, mit dem richtigen Flow, mit den richtigen Winden kam sie immer in neue Welten. Keine Wunschwelten, keine Traumwelten, keine Paradise, aber Orte, die ihr Hoffnungen gaben, dass es irgendwie weitergehen würde.

Als das Konzert zu Ende war, wurden sie nach draußen gespült und Misha spürte, wie sie ein permanentes Grinsen auf dem Gesicht hatte.

„Das war gut, nicht?", strahlte Petr sie an und Misha konnte nur nicken. Kurz dachte sie darüber nach, ihn zu umarmen, weil so viele Emotionen durch die Luft wirbelten, aber sie hielt sich zurück, sie wollte nichts unbedachtes machen.

„Wir müssen uns jetzt etwas beeilen", Petr ging mit schnellen Schritten vor, nahm sie an der Hand und zog sie hinter sich her. In einem Adrenalinrausch rannten sie durch die Straßen und Misha hatte keine Gelegenheit, sich über ihre Hände Gedanken zu machen. Es war, als wären sie zusammen auf einer Flucht, aber im positiven Sinne.

Außer Atmen sprangen sie in eine Bahn, die wieder sehr voll war, sich aber langsam leerte. Misha schaute sich um und sah, dass sie ins Alte Industriegebiet fuhren. Petr hatte ihre Hand losgelassen und studierte seinen Taschencomputer. Misha atmete währenddessen aus, Ausdauer war nicht ihre Stärke.

„Hast du ein gutes Verhältnis zu Marc?", fragte sie, als sie wieder sprechen konnte.

„Tatsächlich ja", Petr steckte das Gerät wieder ein. „Er hat damals viel zwischen Juri und mir vermittelt und das hat sogar ganz gut funktioniert. Er ist ja erst bei uns eingezogen als ich schon fast draußen war, ich war schon achtzehn, also habe ich ihn nie als Vaterersatz oder Konkurrenz wahrgenommen. Juri hat sich mit ihm sehr verändert", Petr schaute in die Dunkelheit, die an ihnen vorbeizog. „Er war früher irgendwie starrer und ich dachte lange, dass ich auch so sein musste. Naja, auf jeden Fall ist Marc jetzt immer noch eine wichtige Bezugsperson. Er kann sehr gut zuhören und gibt mir immer das Gefühl, dass ich so angenommen werde, wie ich bin. Während Juri… ich denke manchmal er hätte sich einen anderen Sohn gewünscht, jemand der sehr ambitioniert ist und nicht so…"

Petr schüttelte den Kopf und strich sich über die Augen.

„Wir müssen gleich raus", er zeigte in irgendeine Richtung und die Bahn hielt auch schon an.

„Gehen wir zum Stadtteiltreff?", fragte Misha, als sie durch die leeren Straßen stapften.

„In der Nähe davon, da", er zeigte auf ein Gebäude daneben, welches auch einstöckig, leicht verfallen und unscheinbar war. Ein paar Leute hatten sich davor versammelt und rauchten und tranken. Petr begrüßte sie kurz.

„Ich muss jetzt nach hinten gehen. Wartest du nach der Vorstellung auf mich? Es kann einen Moment dauern, bis ich komme", er lief rückwärts und wartete auf ihre Antwort.

„Was?", stotterte Misha. „Okay, okay."

Petr drehte sich um und verschwand hinter dem Gebäude, während Misha die Tür öffnete und reinschlüpfte. Es war zunächst sehr dunkel und eng, mit vielen Leuten, die da gequetscht waren. Nicht das Setting, das sie mochte. Misha hielt kurz die Luft an, weil sie nicht wusste, was sie erwartete. Hoffentlich hatte Petr sie nicht in irgendeine fiese Falle gelockt.

Ihre Augen hatten sich endlich an die Dunkelheit gewöhnt und sie drückte sich an den vielen Menschen vorbei in eine Ecke, in der sie endlich frei atmen konnte. Viele der

Gesichter kamen ihr vom Stadtteiltreff bekannt vor und sie sah, dass sie alle immer wieder auf eine größere freie Fläche zeigten. Es war keine Bühne, sondern ebenerdig, ähnlich einer Tanzfläche. Die etwa hundert Leute standen eng drum herum und unterhielten sich, als ob sie alle wüssten, was gleich passieren würde.

Nach etwa zehn Minuten wurde es dunkel und nur indirektes, schwaches Licht erleuchtete die freie Fläche. Alle verstummten und eine zeitlose Stimmung legte sich über den Raum, der früher vielleicht für die Herstellung oder Lagerung von irgendwelchen Waren benutzt wurde.

Misha hatte das Gefühl, dass niemand mehr atmete und alle mit ihrem Blick erstarrt waren in der Erwartung, was jetzt kommen würde. Zuerst setzte eine langsame, instrumentale Musik ein, die angenehm reduziert und keine Klangwand wie bei dem Konzert war. Dann traten fünf Gestalten auf die freie Fläche und Misha erkannte, dass einer von ihnen Petr und eine von ihnen Nil waren, die anderen kannte sie nicht. Sie trugen alle dieselben schwarzen weiten Leinenhosen und Hemden, waren barfuß und hatten einen konzentrierten Gesichtsausdruck. Und dann fingen sie an zu tanzen. Es war eine Choreographie mit zeitgenössischem Tanz und ruhiger klassischer Klaviermusik. Die Tänzer waren mal aufeinander bezogen, mal für sich, hoben sich hoch, trugen einander, sprangen, ließen sich fallen, um wie auf dem Boden zu zerfließen und reglos liegen zu blieben.

Misha hatte sowas noch nie vorher gesehen. Sie kannte Ballettaufführungen und Standardtänze, mit beidem konnte sie nichts anfangen, denn diese Körperbewegungen waren formalisiert und wirkten spießig, aufgesetzt, gefühllos. Das hier war anders. Sie fragte sich, wie es möglich war, dass diese fünf Körper eine Geschichte erzählten, die ohne Worte, ohne Farben und ohne Kulisse funktionierte. Sie hätte diese Geschichte noch nicht einmal jemandem wiedergeben können. Die aufeinander abgestimmten Bewegungen hatten etwas von sich verlieren, finden, aufgeben, aufrichten, Lasten tragen, sich hingeben.

Gebannt schaute Misha wie die anderen auf die Performance und war von der Beweglichkeit, der Kraftanstrengung, der Balance und Ausdrucksstärke der TänzerInnen ganz eingenommen. Petr wirkte dabei so sehr in sich ruhend und gleichzeitig in alle Richtungen ausstrahlend, als ob er das ganze Sein auf seinem Rücken, in seinen Adern und Sehnen trug.

Und auf einmal wurde Misha bewusst, dass sie sich nie mit Petr im Einklang bewegen konnte, denn er war mit seinem Körper wie in einer anderen Dimension, in der er selbstbewusst, kontrolliert und reflektiert war. Während sie ihren Körper nur peripher wahrnahm. Er war Mittel zum Zweck, um durch das Leben zu kommen. Eine große Aufgabe bestand darin, seine Integrität zu verteidigen, das hatte Misha ziemlich schnell auf bittere Weise gelernt. Alle anderen Bedürfnisse waren in irgendeiner Grauzone, in einem Nebel weit weg. Ihr bisheriger Lebensstil hatte nun mal seinen Preis gehabt, irgendwelche Abstriche musste sie machen.

Misha atmete tief ein und aus. Ein ungutes Gefühl breitete sich in ihrer Magengegend aus.

Die Performance war zu Ende und alle klatschten frenetisch, es hörte gar nicht mehr auf. Das Ensemble verbeugte sich mehrmals und alle strahlten, wenn sie auch deutlich geschwitzt und geschafft waren. Und dann verschwanden die TänzerInnen wieder in dem hinteren

Raum, während die Leute nach draußen strömten. Misha schloss sich ihnen an, auch wenn alles wie im Nebel ablief. Vor dem Laden trat Misha von einem Bein auf das andere und es schien eine Ewigkeit zu dauern, bis die TänzerInnen dazu kamen. Sie wurden sofort von dutzenden von Leuten umringt und mit Fragen und Kommentaren bombardiert. Misha hielt sich im Hintergrund und beobachtete die Szene.

„Das habt ihr super gemacht."

„Phantastische Aufführung, wie lange habt ihr dafür geübt?"

„Ist das wieder Nils Choreographie, sie hat so ein Talent!"

„Die Hebefiguren waren atemberaubend…"

Misha sah, dass der Typ mit den blonden Locken auch da war und Petr umarmte, ihm einen Kuss auf die Wange gab und ihn fest drückte. Petr lachte selig. Als der junge Mann von Petr abgelassen hatte, trafen sich Petrs und Mishas Blicke und Misha versuchte ein Lächeln aufzusetzen und signalisierte ihm auf die Entfernung mit einem Daumen hoch, dass er es gut gemacht hatte. Petr lachte zurück, doch seine Aufmerksamkeit wurde sofort von jemand anderem abgelenkt, der ihn ansprach. Es waren alles jüngere Leute, Juri und Marc waren nicht anwesend.

Misha wurde immer unruhiger und fühlte sich fehl am Platz, da sie diese Rituale nicht kannte und an der Seite stand wie eine Verflossene auf einer Beerdigung. Also lief sie ein paar Schritte rückwärts, entfernte sich von der Gruppe und drehte sich schließlich um, verschwand in der Dunkelheit.

Zuerst zwang sie sich langsam zu laufen, damit es nicht so aussah, als ob sie von einem Tatort flüchtete, doch dann wurden ihre Schritte immer schneller und sie bog um die Ecke und rannte bis zu einem Hauseingang, der nur ein paar Straßen von ihrem Zuhause entfernt war. Dort blieb sie stehen und atmete ein paar Mal durch. Sie konnte gar nicht sagen, was in sie gefahren war, was diese Flucht provoziert hatte. Irgendwie eine Mischung aus allem möglichem.

Misha ließ sich für einen Moment auf den Boden sinken und verschränkte ihre Arme über den Knien, legte ihren Kopf darauf ab. Dieser Tag war viel gewesen. Es hatte mehr soziale Interaktionen gegeben als sie es bisher gewohnt war und sie hatte so viel gesehen, worüber sie erstmal in Ruhe nachdenken musste. Da waren ihre Reisen auf dem Meer oder in ihren Imaginationen natürlich einfacher. Oder es kam ihr so vor, weil sie es eher gewohnt war.

Als sie sich das alles durch den Kopf gehen ließ, hörte sie Schritte, die immer näher kamen und schließlich stand Petr vor ihr.

„Da bist du ja", er war völlig außer Atem, seine Schuhe waren nicht gebunden und seine Jacke stand offen, da drunter hatte er noch seine Kleidung vom Auftritt. Er beugte sich schwer atmend nach vorne und kleine Atemwölkchen bildeten sich um seinen Kopf. „Warum warst du auf einmal weg? Ich hab dich auf einmal nicht mehr gesehen."

„Ich…", Misha richtete sich etwas auf, um nicht wie ein Häufchen Elend auszusehen.

„War es wegen Lukas?"

„Wer?"

„Mein Ex-Freund, er war auch da."

„Nein", Misha schüttelte den Kopf. „Ich…", sie rappelte sich auf ihre Füße auf. „Mir ist auf einmal etwas klar geworden", stammelte sie und fuhr sich durch ihre Stoppelhaare, suchte nach Worten. Natürlich hätte sie sagen können, dass sie müde war oder so, aber sie wollte das Gespräch lieber hier und jetzt hinter sich bringen. „Es war ein toller Tag. Danke, Petr."

„Die Tanzvorführung hat dir nicht gefallen", er presste seine Lippen aufeinander und verschränkte die Arme vor sich. „Du kannst es ruhig sagen. Ist nicht das, was du erwartet hattest, oder? Wenn du mich jetzt für uncool hältst…"

„Nein", rief Misha aus und unterbrach ihn. „Ziemlich genau das Gegenteil. Ich bin uncool. Was auch immer zwischen uns ist, ich sage es dir lieber gleich. Ich… ich kann nicht mit dem Lifestyle mithalten, mit Ansprüchen an eine vollwertige Beziehung, ich würde nie deinen Bedürfnissen gerecht werden, das habe ich gespürt, als ich dich hab tanzen sehen. Auf diesem Niveau des Körperverständnisses kann ich mich nicht bewegen. Wir werden nie zusammen tanzen können."

„Wie meinst du das?", Petr zog die Augenbrauen eng zusammen.

„Ich komme aus Jaku…"

„Ich komme auch aus Jaku, bin mit sechs Jahren hierhergekommen."

„Okay, aber dazwischen hattest du Zeit, um dich anzupassen und ich nicht. Du hattest in all den Jahren viele tolle Leute um dich."

„Ich habe mich die meiste Zeit sehr allein gefühlt."

Misha schüttelte vehement den Kopf. „Ich habe dich heute mit den anderen bewegen gesehen, das war wundervoll. Es tut mir leid, dass ich dein Bild von mir crashen muss, aber ich bin ein Holzklotz dagegen, ich hab noch nicht einmal… noch nicht einmal… jemals für jemanden Gefühle gehabt, geschweige denn diesen nachgegangen oder nur annähernd ein Gespräch wie dieses geführt, das ist so…", Misha warf sich die Hände vor das Gesicht und rannte einfach so schnell es ging, rannte nach Hause.

-23-

Es dauerte ein paar Tage, bis ihr Kopf aufgehört hatte, dieses Gespräch immer und immer wieder zu reproduzieren und durchzuspielen. Bis dahin war Misha mindestens fünfzig Mal in Scham versunken. Verdammt, was hatte sie da alles von sich gegeben?

Als sie am dritten Tag in Folge beim Boxladen vor der Tür stand, schaute Serg sie schief an.

„Was ist los, Misha?", fragte er und holte die Boxhandschuhe aus dem Schrank. Währenddessen zog sich Misha ihre Trainingshose über. Als sie fertig war, schnürte er ihr die klobigen Dinger fest. Misha klopfte sie ein paar Mal gegeneinander, um zu testen, ob sie gut saßen.

Sie wollte zu ihrem bevorzugten Platz gehen und anfangen den Boxsack zu bearbeiten, doch Serg hielt sie zurück.

„Warte, Misha, heute kämpfen wir gegeneinander", er sagte alles so sehr mit Nachdruck, dass sie nicht anders konnte, als dem Vorschlag zuzustimmen.

Nachdem er sich von einem der anderen Männer helfen ließ – welche nebendran Gewichte stemmten, sich unterhielten oder trainierten – die Handschuhe festzubinden, kam er zurück und tänzelte vor ihr her. „Aber nicht ins Gesicht und nicht auf den Kopf, okay? Den brauche ich noch zum Denken. Muss auf der Arbeit viel denken", er klopfte sich mit dem Handschuh auf den Kopf und Misha nickte, auch wenn sie sich ein Lachen verkneifen musste.

Sie standen sich gegenüber und Misha vermisste es einerseits, einfach mit blinder Wut auf ein lebloses Objekt einzudreschen. Andererseits war es irgendwie auch angenehm, ein Gegenüber zu haben. Die letzten Tage hatte sie sich entweder in ihrem Büro oder zu Hause verkrochen und merkte immer mehr, dass das nicht so gesund war, konnte aber nicht wirklich etwas aktiv dagegen unternehmen.

Serg schlug sie hart auf die Schulter und Misha taumelte nach hinten. Sie dachte mal wieder zu viel nach. Aber das würde sich gleich ändern. Sie fing sich auf und versuchte Serg eins auszuwischen, doch er war wendig und geschickt, wehrte sie ab. Stattdessen traf er sie am Brustkorb, in den Oberarm, an den Rippen. Aber Misha lernte schnell dazu und konnte bald ein paar Gegentreffer landen. Bald standen sie sich schnaufend gegenüber.

„Du hast kräftige Arme, an der Beinen musst du noch arbeiten", stellte Serg fest.

Misha nickte atemlos.

„So, und nun erzählst du mir, wer dich geärgert hat", verkündete er.

Misha positionierte wieder ihre Fäuste und teilte ein paar Schläge aus, Serg wehrte ab.

„Es geht um einen Typen", keuchte Misha und wischte sich mit dem Unterarm über die schweißnasse Stirn.

„Was hat er gemacht?"

Misha kaute auf ihrer Unterlippe und rollte ihre Schultern nach hinten.

„Hast du dich in ihn verliebt?"

Misha verzog das Gesicht und schnaubte. Konnte man das so sagen? Nein, das klang nicht zutreffend für das, was passiert war.

„Also?", Serg verengte seine Augen.

„Verliebt?", lachte Misha und verpasste ihm einen ordentlichen Schlag, mit dem er offensichtlich nicht gerechnet hatte. „Verliebt – das ist… das ist verschmitzt lächeln und Blumen im Haar und später süße Spitznamen und Anträge auf Knien und dann Glasvitrinen und getrennte Betten und Augenrollen und runde Jahrestage und nebeneinander herleben", sie spuckte die letzten beiden Worte fast aus und atmete schwer. „Und das ist nicht das, was zwischen mir und ihm ist", rief sie und ließ ihre schweren Arme sinken.

„Hm, ich sehe das Problem", erwiderte Serg und wischte sich den Schweiß von der Stirn.

Kurz dachte sie, er würde ihr einen Vortrag halten über verkopfte Städter und echte Männer und echte Frauen, die einfach nur Klartext reden müssten.

„Was?", fragte Misha.

„Du musst lernen loszulassen."

„Ach, jetzt fang nicht du auch noch damit an", rief Misha und legte wieder los. Sie verkloppten sich erneut ein paar Minuten, bis ihnen die Kraft ausging.

„Die Stützen loslassen", Serg schnaufte nach jedem Wort und holte Luft, „die dich so lange gehalten haben."

Im Hintergrund sah sie, dass ein paar der Männer klatschten. Sie hatte nicht bemerkt, dass sie ein Publikum hatten.

„Hör auf Serg, er hat immer recht", rief einer von ihnen und sie drehten sich um und spazierten davon.

Misha ließ sich kraftlos auf den Rücken fallen. „Verdammt, was habe ich mir da nur eingehandelt", und Serg lachte dazu.

In dieser Nacht schlief Misha so tief und fest wie schon lange nicht mehr. Hatte sie seit dem Gespräch mit Petr die Nächte in einem vorwiegend oberflächlichen Schlaf verbracht und konnte sich an dem nächsten Morgen an nichts mehr erinnern, so versank sie diesmal tiefer und tiefer in den Bettdecken und Kissen. Spürte zuerst den weichen Stoff um sich herum und dann lag sie eng eingewickelt in einer Hängematte auf ihrem Schiff. Sie hörte die Atemgeräusche der anderen um sich herum. Manchmal auch andere Geräusche. Sie versuchte sie zu ignorieren.

Noch vor den ersten Sonnenstrahlen standen sie auf und dann ging es los. Kochen, putzen, aufräumen, Wäsche waschen, Seile aufwickeln, Seile abwickeln, abspülen, Boden wischen und so weiter und so fort. Misha kannte alle Wege, alle Ablagen, alle Nischen, alle Haken und Ösen auf diesem Schiff. Es war gigantisch und doch waren die Räume, in denen sie sich bewegen konnte, klein und eng und schief.

Misha stand vor dem großen Containerturm und schaute hinauf. Mit ein paar Schritten schwang sie sich hinauf und setzte sich oben in einen Schneidersitz. Die Sonne war schon untergegangen und der Himmel leuchtete noch in einem dunklen rot-grau.

Noch über tausend Tage, bis sie sich ihre Existenzberechtigung erarbeitet hatte. Der Container unter ihr verwandelte sich in ein Hochhausdach, während der Himmel komplett schwarz wurde, ein paar Sterne kamen heraus. Hatte sie ihre Daseinsberechtigung schon? Misha durchsuchte ihre Hosen- und Jackentaschen nach den Ausdrucken der Berechnungen ihrer Arbeit. Schließlich fand sie einen Zettel und faltete ihn auf. Die Note ihrer Abschlussarbeit stand darauf. Sie zerknüllte ihn und warf ihn im hohen Bogen vom Dach. Er verwandelte sich in einen Papierflieger und flog davon.

Sie ging an den Rand des Daches und schaute nach unten. Da musste die Straße sein, aber Misha sah ganz viel schwarz. Sie stieß sich ab und sprang nach unten. Der Fall war nicht schnell, sondern so als würde sie durch Wasser fallen. Rechts und links zogen leuchtende Punkte an ihr vorbei wie kleine Leuchtfische und Misha dachte, das mussten die Sterne sein, sie waren immer direkt neben ihr, nur meistens sah sie sie nicht.

Und dann waren da noch schemenhaft Menschen zu erkennen. Petr, Neev, Serg, Marc, Juri und viele andere. Sie sprachen mit irgendjemanden, sie gestikulierten, lachten, tanzten, rannten und Misha steckte ihre Hände nach ihnen aus, aber die Schemen lösten sich wie blasse Farbspuren im Wasser auf und waren verschwunden. Sie machte Schwimmbewegungen und tauchte noch tiefer, fand dann eine Hand, die Petr zu gehören schien, sie war wie von einer alten Marmorskulptur abgebrochen, grau und mit etwas Moos bewachsen. Misha drückte die Hand an sich und als sie aufwachte, da hielt sie Petrs Handschuh in ihren Händen.

Auf dem Weg zur Arbeit drehte sie diesen hin und her und zog ihn sich an. Es fühlte sich merkwürdig intim an, als würden sie sich an den Händen halten. Sie würde ihm seinen Handschuh bald zurückbringen, damit seine Hand nicht frieren musste. Heute. Oder so. Sobald sie den Mut aufbrachte, sich mit seiner Existenz zu konfrontieren.

Als sie in ihrem Büro saß und Abrechnungen anfertigte, waren ihre Gedanken überall und nirgendswo. Zum Glück gab es im Moment nicht viel zu tun und viele ihrer KollegInnen hatten sich nach dem Neujahrsfest noch frei genommen, also war es ruhig auf den Fluren. Die Neuankömmlinge hielten sich auch in Grenzen, um diese Zeit kamen nicht viele Leute nach Mela, hatte man ihr gesagt, erst ein paar Wochen nach Neujahr würde es wieder richtig losgehen.

Kurz vor der Mittagspause zeigte ihr Videotelefon einen eingehenden Anruf an und Misha wunderte sich, dass der Name von Marc angezeigt wurde. Vielleicht war es etwas berufliches? Manchmal hatten sie mit anderen Abteilungen Kontakt, wenn es um die Anrechnung von Schulmaterial oder die Kosten von Krankenbehandlungen ging. In der Abteilung, in der Marc mit Neev zusammenarbeitete, den Zentralen Diensten, ging es oft um allgemeine Anliegen oder NeubürgerInnen, also hatte es vielleicht etwas damit zu tun.

Misha setzte sich ihr Headset auf und nahm den Anruf an.

„Hallo Misha, störe ich dich?", sein Gesicht erschien auf dem Bildschirm.

„Nein, alles gut", Misha justierte ihre Kopfhörer.

„Bist du gut in das neue Jahr gekommen?", fragte er und Mishas Gesicht musste einen merkwürdigen Ausdruck angenommen haben, denn Marc winkte gleich ab. „Sorry, das war ein blöder Einstieg. Ich habe mit Petr gesprochen und weiß, dass es nicht so gut gelaufen ist zwischen euch."

Mishas Mund klappte auf und sie starrte ihn an.

„Ich hoffe, das ist okay, dass ich dich anrufe", er verzog entschuldigend das Gesicht. „Ich will mich nirgends einmischen", er machte eine entsprechende Handbewegung. „Ich denke nur… ich habe die Erfahrung gemacht, dass ein Gespräch mit einer unbeteiligten Partei einem helfen kann, die Vorgänge zu verstehen… Rede ich zu viel?"

„Schon okay", murmelte Misha.

„Petr ist auf mich zugekommen und hat mir von eurem Tag erzählt. Er war verwirrt… traurig… unsicher… hat sich gefragt, ob er etwas falsch gemacht hat. Ich habe ihn das letzte Mal so gesehen, als es diesen Bruch mit Juri gab. Und ich habe mich gefragt, ob wirklich schon das letzte Wort ausgesprochen wurde. Vielleicht gibt es ein Missverständnis… Übersetzungsprobleme… ich meine nicht sprachlicher Art, eher wegen unterschiedlicher Herkünfte. Ich kann nur sagen, dass Juri und ich sehr lange gebraucht haben, um zu verstehen, wie der jeweils andere tickt."

„Was genau meinst du damit?", Misha stützte ihren Kopf auf die Hände vor sich und sah Marc konzentriert an.

„Ich bin in Mela aufgewachsen und wenn auch nicht alles in meiner Familie einfach ist, so haben wir immer Wert darauf gelegt, dass es offene Kommunikationskanäle gibt, man sich nicht beleidigt und dem anderen gute Absichten unterstellt. Keins von diesen Prinzipien schien es in Juris Familie gegeben zu haben."

„Kommt mir bekannt vor", murmelte Misha mehr zu sich selbst.

„Dann kam noch dazu, dass Juri eine Auffassung von Beziehungen hatte, die davon geprägt war, dass man seine Bedürfnisse nicht artikuliert und Konfrontationen aus dem Weg geht. Gespräche über unangenehme Themen kamen darin nicht vor. Das Teilen von verletzlichen Seiten kam darin nicht vor. Das Fragen nach der Erfüllung von Wünschen oder Bedürfnissen kam darin nicht vor. Stattdessen gab es viel Schweigen und Verschließen und mit-sich-selbst-ausmachen."

Misha merkte, wie ihr Kopf ganz warm wurde. Sie fühlte sich ertappt.

„Wie auch immer", Marc schob seine Tastatur vor sich hin und her. „Ich glaube Petr kennt auch viele von diesen Mechanismen, er ist ja schließlich mit Juri aufgewachsen, andererseits hat er sehr von der Umgebung in Mela profitiert und ist aktuell sehr irritiert von dem, was du gesagt hattest."

„Es tut mir leid. Das war alles irgendwie impulsiv passiert, war nicht geplant."

„Vielleicht solltet ihr nochmal miteinander sprechen", Marc schaute sie eindringlich an.

„Was soll ich sagen?", rief Misha und warf ihre Hände in die Luft. „Ich... ich...", sie hatte wieder einen Kloß im Hals, konnte das Unaussprechliche nicht aussprechen.

„Dann sag ihm, dass du nichts mehr mit ihm zu tun haben willst", Marc hob eine Augenbraue. „Er hat Klartext verdient, kein kryptisches ja-nein-vielleicht, sei nah aber auch weit weg."

Misha schlug mit der flachen Hand auf den Tisch und gab ein frustriertes Geräusch von sich. Marc lachte.

„Du hast recht", Misha schloss die Augen und schüttelte den Kopf. „Es ist nur so... Ich... fühle mich zu ihm hingezogen, obwohl wir überhaupt nicht zusammen passen. Ist das egoistisch? Okay, es ist egoistisch und ich sollte nicht..."

„Misha", unterbrach er sie. „Geh zu ihm und sag ihm, dass du dich zu ihm hingezogen fühlst. Punkt. Lass es auf dich zukommen. Was hast du zu verlieren?"

„Meinen Stolz?"

Marc schüttelte den Kopf und lachte.

„Lach nicht, das ist eins der wenigen Dinge, die mir geblieben sind. All die Jahre habe ich damit verbracht, meine Würde zu verteidigen und nicht einzuknicken, niemals einzuknicken. Wenn ich das jetzt über Bord werfe und mich auf jemanden stürze wie so eine Person ohne Rückgrat, und Petr sieht dann, wie wenig ich überhaupt vorzuweisen habe und lässt mich links liegen, dann überlebe ich das vielleicht nicht."

„Immer diese Dramatik", murmelte Marc vor sich hin und schüttelte erneut den Kopf. „Aber im Ernst: Ich kann es mittlerweile nachvollziehen. Es steht einiges im Bereich Selbstachtung auf dem Spiel. Von Petr habe ich Ähnliches zu hören bekommen. Und niemand kann dir sagen, ob es das wert ist, ob es funktionieren wird, vielleicht seid ihr euch zu ähnlich oder zu verschieden. Ich wollte nur sagen, dass dieses Zwischenstadium belastend ist", er drückte seine Lippen zu einer schmalen Linie zusammen.

„Okay. Danke. Ich bin immer noch am Schwimmen mit solchen Sachen."

„Apropos Schwimmen, gestern hatte ich so einen merkwürdigen Traum", Marc lehnte sich zurück und sein Blick verschwand in der Ferne. „Ich bin in einer Art Tiefsee geschwommen und da waren Juri und Petr und du und andere…"

„War es ein schöner Traum?"

„Ja", Marc nickte.

„Da bin ich ja froh", Misha lächelte ihr wissendes Lächeln. „Jetzt muss ich nur noch Petrs Hand zurückgeben, dann hat alles seine Ordnung."

„Hm?", Marc schaute sie fragend an.

„Ist schon okay", winkte Misha ab. „Das war übrigens ein super Konzert, es hat mir sehr gefallen."

„Danke. Es macht immer Spaß in Mela aufzutreten, sehr energetisch. Die Leute haben immer noch nicht genug von uns", lachte er.

„Auf keinen Fall."

Sie verabschiedeten sich und Misha zog sich erschöpft das Headset vom Kopf. Sie hatte keinen Plan, wie es jetzt weitergehen würde.

Nach der Arbeit fuhr sie direkt zum Stadtteiltreff, weil es heute wieder ein gemeinsames Essen geben würde und Misha unfähig war, sich selbst etwas zu kochen und sie hoffte oder nicht hoffte, Petr dort zu treffen.

Nachdem sie dort angekommen war, hatte sie gleich das Gefühl, dass die Stimmung anders war als sonst. Zunächst einmal waren viel weniger Leute da und dann saßen sie nicht in Grüppchen verstreut, sondern alle zusammen an einer Tischgruppe in der Mitte vom Raum. Misha trat näher und sah, dass sie sich alle um einen Laptop versammelt hatten. Sie zog sich einen Stuhl heran und setzte sich dazu.

„Die Proteste haben heute einen neuen Höhepunkt erreicht", verkündete eine Stimme aus dem Hintergrund. Auf den Videoaufnahmen sah man Leute mit Plakaten vor einem großen Supermarkt in der Hauptstadt von Jaku wie sie einem Schneesturm und den Sicherheitskräften trotzten. Misha fand, dass sie so verdammt verletzlich aussahen mit ihren Pappschildern und dünner Kleidung. „Es sind so viele Menschen wie schon lange nicht mehr, schätzungsweise zwei- bis dreitausend. Die Polizei greift hart durch, aber davon lassen sich die Demonstranten bisher nicht abschrecken."

„Stella ist mit Mick, Antonia, Cleef und einigen anderen dort", sagte jemand neben ihr und Misha schaute sich unter den Anwesenden um. Petr war nicht dabei. Aber Fjodor, er war kreidebleich, sein Gesicht reglos.

„Heute erreichte uns außerdem die Nachricht, dass eines der Containerschiffe von Maana angegriffen wurde. Wer dahinter steckt ist noch unklar. Auch Maana hat sich zu dem Vorfall noch nicht geäußert. Es gibt Spekulationen, dass andere Protestgruppen das Schiff beschossen und die Besatzung als Geiseln genommen haben. Das Ausmaß des wirtschaftlichen Schadens ist noch nicht bekannt."

„Sauerei", rief Misha unvermittelt und spürte, wie sich ganz viel Wut in ihr ansammelte. „Wer würde die verdammte Besatzung als Geisel nehmen, für was? Das sind nie und nimmer Angestellte von Maana, sondern stammen aus aller Welt, die haben mit der Sache nichts zu tun."

„Sie haben auf einem Schiff von Maana angeheuert", warf jemand ein. „Das ist dann halt ein Kollateralschaden."

War das so? Misha schüttelte den Kopf, sagte aber nichts mehr.

„Maana gerät unter Druck", sagte jemand anderes.

„Ich werde morgen zu den Protesten reisen, wir müssen die Sache unterstützen", hörte Misha in der Gruppe und alle fingen an zu diskutieren, wie die Ereignisse zu bewerten waren.

Als sie wieder aufschaute, sah sie, dass Petr reingekommen war. Er zog sich gerade den linken Handschuh aus. Ihre Blicke trafen sich und Misha schwamm in seinen tiefseedunklen Augen. Doch dann kam die Karottensuppe und alle standen auf, um sich eine Portion zu holen.

Nachdem Misha mit ihrem Teller zurückkam, schaffte sie es, sich unauffällig neben Petr zu positionieren.

„Ich hab gerade gehört, was los ist", sagte er, während er in eine Scheibe Brot biss. „Das hört sich irgendwie nicht gut an", er zog die Augenbrauen zusammen.

„Naja, die Proteste tun das, was sie tun sollen, Unruhe und vielleicht Veränderung produzieren", bemerkte Gregor.

„Ich habe irgendwie ein schlechtes Gewissen, hier zu sein", hörte Misha aus einer anderen Ecke.

Misha dagegen war einfach nur froh, eine warme Mahlzeit vor sich stehen zu haben. Es klang so einfach, was Serg und Marc gesagt hatten, seinen Panzer abzulegen und seine Verletzlichkeit zu zeigen. Fakt war, niemand hier würde verstehen, dass sie einfach nur dankbar war ein eigenes Dach über dem Kopf zu haben und jeden Tag genug zu essen. Sie war für die politischen Veränderungen, aber diese fanden als abstrakte Prozesse hinter Bildschirmen statt. Würde man sie rauswerfen, wenn sie das sagen würde? Und falls Maana überhaupt gestürzt werden würde, dann würde ein anderer Konzern nachrücken und das Rad würde sich weiterdrehen, oder? Vielleicht verkroch sie sich deshalb so bereitwillig hinter ihren Mythologien, die politischen Prozesse waren einfach zu wenig beweglich und in einer Sinnlosigkeit erstarrt, zu der Misha keine Verbindung mehr aufbauen konnte.

„Ich muss gleich los, wir haben heute noch Training", hörte sie Petr zu jemanden sagen.

Misha löffelte schnell die Reste auf und sprang auf. „Ich muss auch los. Wir können zusammen gehen", verkündete sie vehementer als geplant.

„Meine Bahn fährt aber gleich", er stand auch auf und zog seine Jacke an.

Zusammen verließen sie den Stadtteiltreff.

„Glaubst du Maana wird bei den Protesten noch härter durchgreifen?", fragte Petr und knöpfte seine Jacke zu.

„Ich habe ein ganz schlechtes Gefühl bei der Sache", Misha starrte in die Dunkelheit des Abends. „Ich habe wirklich Angst, dass das noch böse enden wird."

„Shit. Ich weiß nicht, wie Juri das verkraften wird", sagte er zu ihrer Überraschung. „Stella und er haben eine enge Freundschaft. Ich habe das Gefühl, er ist jetzt schon ganz unruhig, auch wenn er nichts sagt."

„Du kannst seine Stimmung antizipieren?"

„Hmm. Wenn jemand sich nicht mitteilt, lernt man seine Gedanken zu lesen. Denkt man jedenfalls. Vielleicht liege ich auch falsch."

„Ich bin froh, dass du nicht mitgefahren bist", hauchte Misha.

„Auf keinen Fall", schnaubte er. „Für Experimente ist Lea zuständig. Zum Glück ist sie tausende Kilometer weit weg von der Hauptstadt auf dem Land bei meiner Tante, sonst würde ich auch durchdrehen", er wischte sich über das Gesicht und erschauderte. Dann holte er seine Mütze und den linken Handschuh aus seiner Jackentasche.

„Ich habe deine Hand geklaut", Misha wühlte in ihrem Rucksack und holte den rechten heraus.

Petr sagte nichts, aber sie sah, dass er ein Lächeln unterdrückte. Sie zog sich das Kleidungsstück über und drehte es vor sich hin und her.

„Passt mir ganz gut, oder?", überlegte sie und formte eine Faust.

„Gib her", er lachte und schnappte sich den Handschuh an einem Finger, zog ihn ihr ab. „Ist das das Risiko, das man eingeht, wenn man dich kennt, dass du einem essentielle Winterausrüstung und vielleicht einen Arm, ein Bein oder den Kopf klaust?", er lachte immer noch.

„Petr, ich…", Misha blieb abrupt stehen, wurde ernst und holte tief Luft.

„Da ist meine Bahn", rief er über ihren Kopf hinweg und sprintete zur Haltestelle. Sie sah noch, wie er es im letzten Moment schaffte, reinzuspringen, und dann war er weg.

Okay, sie wusste sowieso nicht, was sie sagen wollte.

Aber sie war trotzdem froh, dass sie immerhin wieder miteinander sprachen. Oder war sie wieder dabei, sich ihm anzunähern, um im nächsten Moment abzuhauen? Vielleicht. Misha wischte den Gedanken weg. Stattdessen ging sie nach Hause und nahm sich ihre Sammlung an Alltagsbeobachtungen heraus, las sich durch, was sie bisher alles zusammengetragen hatte. Eine lustige Liste. Sie schrieb Petrs Handschuh dazu. Kurz hielt sie inne und tippte mit dem Zeigefinger gegen ihre Lippen. Irgendwie musste sie mehr Struktur in diese Sache bringen. Und sie hatte auch schon eine Idee, wie.

Misha holte ihren Taschencomputer und rief das Programm mit ihrem Profil auf. Das alles hatte sie irgendwie aus den Augen verloren. Aber jetzt sah sie, dass dutzende von Leuten auf ihre Beiträge reagiert und diese kommentiert und weiterverbreitet hatten. Misha wurde ganz warm ums Herz und sie bedankte sich bei ihnen, unter denen auch Neev war und veröffentlichte noch ein paar andere Aufnahmen, die sie mehr im Vorbeigehen zwischendurch gemacht hatte. Den Handschuh von Petr hatte sie zwar nicht in der Öffentlichkeit drapiert, sie veröffentlichte trotzdem ein Foto davon und schrieb darunter: „Fund aus der Tiefsee."

Am nächsten Tag machte sie auf der Arbeit, es war ein Freitag, schon kurz nach der Mittagspause Schluss und bereitete sich auf einen Streifzug durch die Stadt vor, der die Innenstadt und fast alle angrenzenden Stadtteile umfassen sollte. Im Rucksack hatte sie Klebeband, eine Rolle Schnur, wasserdichte Stifte, Pappe, Straßenkreide, eine Schere und noch einiges anderes dabei.

Als sie auf ihrem ersten Schiff war, da hatte sie die Strategie, sich so unsichtbar wie möglich zu machen. Damit niemand sie sah und sie somit in Ruhe ließ. Damit sie ihre fünf Jahre auf hoher See absitzen und dann nach Mela zurückkehren konnte. Zunächst hatte ihr Plan funktioniert und die Leute um sie herum ignorierten sie.

Doch ein paar Monate später gab es diesen einen Typen, der ihr anfing nachzustellen. Meistens war er betrunken, doch das machte die Sache nicht besser. Er fand trotzdem heraus, wann Misha in einer unbeobachteten Situation war und schlich sich an, machte zunächst anzügliche Kommentare und fasste sie dann auch an. Misha versuchte, sich zu wehren, aber mit ihren dreizehn Jahren kam sie nicht gegen ihn an und konnte nur flüchten und hoffen, dass er endlich von ihr abließ und nicht noch Schlimmeres passierte.

Ab diesem Moment änderte sie ihre Strategie. Sie sozialisierte sich mit den anderen, von denen sie hoffte, dass sie normaler waren. Und das erreichte sie dadurch, dass sie anfing, sie über ihr Leben auszufragen. Nach kurzer

Zeit kam sie so zu ihrer Mythologie-Forschung, die in der Abschlussarbeit mündete.

Die Strategie erwies sich als so erfolgreich, dass sie sie in Wirtshäusern, Hafenmärkten, neuen Mannschaften, einfach überall anwandte und sofort Anschluss fand und somit mehr von Unheil geschützt war. Merkwürdige Männer und Frauen gab es überall, aber es war einfacher, mit ihnen umzugehen, wenn sie Verbündete hatte und zuerst Krafttraining und dann Kampftraining mit unterschiedlichen Besatzungsmitgliedern betrieb. Sich schließlich maskulin zu kleiden, gab ihr den letzten Anstrich, um von allen respektiert zu werden und nicht mehr fürchten zu müssen, dass hinter dem nächsten Container ein Typ heraustorkelte, der ihr an die Wäsche wollte. Leider waren die meisten dieser Kompetenzen in Mela nicht mehr gefragt. Aber vielleicht konnte sie einige davon in etwas Neues transformieren.

Also lief sie von ihrer Arbeit aus los und blieb an jeder Ecke, an jeder Stelle, die ihr ins Auge sprang, stehen und fing an Collagen anzufertigen. Collagen aus dem, was sie vor Ort fand, so wie sie es schon vorher gemacht hatte. Gleichzeitig schrieb sie ein paar Stichworte auf Zettel und steckte sie dazu. Wenn in Mela ein eng gespanntes Netz von Geschichten und damit auch modernen Mela-Mythologien wachsen konnte, musste sie die Setzlinge dafür verteilen und für einen nahrhaften Boden sorgen.

„Entschuldigen Sie, darf ich Sie fragen, was sie mit diesem Ort hier verbinden?", fragte sie eine ältere Frau, die auf einer Bank saß und die Spatzen fütterte.

„Hier habe ich immer mit meinem Mann gesessen, er ist vor zwei Monaten gestorben. Aber hier fühlt es sich an, als wäre er noch da."

Die Frau erzählte und Misha hörte zu, sammelte in der Zeit ein paar abgebrochene Zweige und band sie zusammen, notierte Stichworte und spießte den Zettel mit einem der Stöcke auf, band das ganze an die Rückseite der Bank.

„Das ist für die Leerstelle, die er hinterlassen hat", erklärte sie und zog weiter.

„In diesem Haus hier wohnt eine Hexe", erklärte ihr ein siebenjähriges Kind und zeigte auf ein mit Efeu bewachsenes, leicht heruntergekommenes Gebäude. Zusammen malten sie ein großes Efeublatt auf den Straßenbelag.

„Was willst du hier?", fragten drei Jugendliche sie, als sie sich ihrem Zufluchtsort in einer Unterführung näherte.

„Ist das hier ein Portal, um andere Welten zu erreichen und deswegen muss es geheim gehalten werden?", fragte Misha, als sie sich hereinschlich.

Die drei lachten und zogen Grimassen, um sich lustig über sie zu machen.

„Woher weißt du das?", flüsterte ihr einer ins Ohr, während die anderen immer noch am Giggeln waren.

„Ich komme, um den Schutzzauber zu erneuern", sie wühlte nach einer Spraydose und legte mit abstrakten Zeichen los. Schon bald wollten die anderen auch und sie sprayten so lange, bis die Dose leer war.

„Dieser Tempel ist einer der höchsten in diesem Königreich", sagte Misha zu drei Leuten in Anzügen, die aus dem fünfstöckigem Verwaltungsgebäude kamen, in dem auch Neev und Marc arbeiteten. Zum Glück waren es nicht Neev und Marc.

„Hä?", sagte einer bloß und hob eine Augenbraue, als ob er mit einer geistig gestörten Person sprechen würde.

Misha faltete ihre Hände und verbeugte sich feierlich vor dem Gebäude. „Die Tradition verlangt, dass wir den hohen Geistern der Verwaltung eine Gabe bringen. Jeder von euch muss ein Artefakt hier hin legen", sie schlug herzhaft auf einen nahegelegenen verschmuddelten Stromkasten.

Die zwei Frauen und der Mann schauten sich an, dann fingen sie an, in ihren Taschen zu wühlen und beförderten einen ausrangierten Stempel, einen Kugelschreiber und einen Durchschlag von einer Quittung heraus.

„Sehr gut", Misha rieb sich die Hände und holte eine Grabkerze heraus, die sie anzündete und alles schön drapierte. „Mögen eure Verfügungen immer unterschrieben werden", sagte sie schließlich und eilte davon.

So ging das noch ein paar Stunden weiter, bis Misha eine riesige Sammlung an Geschichten, Orten, Farben und Fotos hatte und endlich nach Hause fahren konnte.

-24-

Als sie am nächsten Morgen aufwachte, hatte sie hunderte von Mitteilungen und Kommentaren unter den Bildern. Einige waren von Leuten, die sie kannte wie von Neev und Marc, zwei Bemerkungen von Petr ließen sie schmunzeln, eine unter seinem Handschuh und eine unter dem Efeu-Haus.

Misha kochte sich eine Tasse Tee und lief damit durch ihre Wohnung, während sie das alles las. Wow, mit so viel Resonanz hatte sie nicht gerechnet. Es juckte sie in den Fingern, heute eine weitere Tour zu starten und mit dem weiterzumachen, was sie angefangen hatte. Aber andererseits war sie auch sehr müde und musste sich dringend mal eine Pause von dem ständigen Unterwegssein gönnen.

Stattdessen würde sie heute wie ein normaler Mela-Bewohner auf den Markt gehen und einkaufen. Vielleicht sollte sie mal frische Lebensmittel holen und lernen zu kochen. Sich einfach häuslicher verhalten und nicht wie auf der Flucht. Dann könnte sie irgendwann Leute einladen. Das erste Mal in ihrem Leben Menschen zu sich einladen, die sie mochte, vielleicht ihre Freunde? Misha wusste nicht, ob sie so etwas schon hatte.

Sie holte ihren Rucksack und zwei Stofftaschen und lief los. Als sie auf dem großen Marktplatz ankam, sah sie sich das Gewimmel an und musste unwillkürlich grinsen. Das alles erinnerte sich sehr an die ausgedehnten Häfen, auf denen sie alle paar Monate ausgeschwärmt und umhergezogen war und die vielen verschiedenen Gerüche und Farben eingeatmet hatte.

Das hier war natürlich ein kleiner Rahmen, aber Misha mochte trotzdem die vielen belebten Gesichter, das Gelächter und Geplapper, die ihr unbekannten Stände von den Zulieferern aus dem Umland. Die VerkäuferInnen hatten eine viel gesündere Hautfarbe, sahen viel besser genährt und hatten mehr Muskeln auf den Knochen als die notorisch unterernährten Städter, die viel zu wenig an die frische Luft kamen.

Misha schlängelte sich durch die Reihen und kaufte Kartoffeln, das Lieblingsgemüse aus ihrer Heimat, Äpfel, Rüben (bei denen sie nicht wusste, was sie damit anfangen sollte), Brot, Nudeln, Käse und Butter und einiges mehr. Da sie ihre Punkte, die sie durch die Arbeit erwirtschaftete, bisher kaum ausgegeben hatte, musste sie auch nicht darauf achten, was wie viel kostete und konnte sich gut eindecken.

Gerade als sie fertig war, wäre sie fast in Juri reingelaufen.

„Sorry", rief sie und trat einen Schritt zurück.

Juri rückte seine Brille zurecht. Er wirkte etwas zerstreut. „Misha", sagte er bloß.

„Alles okay?", fragte sie und schaute ihm eindringlich ins Gesicht. Er sah müde und blass aus, hatte Schatten unter den Augen.

„Ja, natürlich", er lächelte vorsichtig. „Was machst du hier?"

„Einkaufen", sie hob ihre beiden Stofftaschen hoch.

„Nicht irgendwelche mysteriösen Fährten in der Stadt verteilen?"

„Du hast es schon mitbekommen?"

„Na klar. Marc hat es mir erzählt, er ist immer auf dem neuesten Stand, was die Ereignisse in der Stadt angeht. Ich finde es gut, dass du dir deinen Wohnort so aneignest. Damals, als ich hier angekommen war, hatte ich angefangen eine Sammlung anzufertigen für das Stadtmuseum."

„Ah, davon habe ich gehört."

„Du warst noch nicht da?", fragte er und hob die Augenbrauen.

„Es steht auf meiner Liste, aber bisher nein, leider."

„Oh, dann müssen wir unbedingt dort hin. Hast du jetzt Zeit?"

„Es ist etwas unpraktisch mit den Einkäufen, aber prinzipiell ja."

„Sehr gut. Es ist auch nicht weit. Wann haben wir sonst die Gelegenheit? Wir müssen sie jetzt ergreifen", er lief zielstrebig in eine Richtung und Misha folgte ihm.

Nachdem sie ein paar Mal rechts und links abgebogen waren und Misha die engen Straßen und das ungewöhnliche Kopfsteinpflaster bewundert hatte, standen sie vor einem Gebäude mit einer großen Glasfassade im ersten Stockwerk.

„Da oben ist es", verkündete Juri und sie liefen zusammen die Stufen hoch.

Eine quietschende Tür öffnete sich und Misha stand in einem großen Galerie-artigen Raum, den sie so in Mela noch nie gesehen hatte. Er war weit und lichtdurchflutet und fein säuberlich sortiert.

Misha stellte ihre Taschen und den Rucksack ab, Juri tat es ihr nach.

„Und das hier ist mein Reich", er öffnete seine Arme und Misha hatte ihn vorher noch nie so gesehen, so sehr in seinem Element. „Das alles habe ich über zehn Jahre gesammelt, gepflegt, kuratiert, präsentiert. Ich bin immer noch so gerne hier, es ist ein toller Ort."

Er stellte sich ans Fenster und schaute heraus. Misha gab ihm einen Moment für sich und schlich an den Regalen, Vitrinen und Schaubildern entlang, um das ein oder andere anzuschauen und aufzunehmen. Da ging es um die Gründung von Mela und die dazugehörigen Turbulenzen, um das erste Grundgesetz, um Ausschreitungen, um wirtschaftliche Probleme und noch mehr Ausschreitungen, um politische Richtlinien, schließlich um das heutige Mela mit seiner Kunstszene, den anhaltenden Konflikten in einer Konzern-organisierten Welt und schließlich auch um das Attentat, welches in dem Jahr, in dem Misha das erste Mal in die Stadt gekommen war, an Juri verübt werden sollte, aber Marc erwischte. Misha blieb vor dem großen Blutfleck stehen, der immer noch auf dem Boden vor dem Fenster zu sehen und mit einer Schautafel versehen war.

„Das war furchtbar", Juri stand plötzlich neben ihr und Misha schreckte etwas auf. Sie hatte gar nicht bemerkt, wie sehr sie in ihren Gedanken versunken war.

„Ich kann mir gar nicht vorstellen, wie man sowas durchsteht", wisperte Misha. „Zu wissen, jemand ist hinter einem her und man selbst oder die Familie kann jeden Moment…"

„Ich habe das nicht gut gehändelt", er verzog das Gesicht. „Das hätte mich fast die Beziehung zu Marc und zu meinem Sohn gekostet. Petr musste sehr viel abfangen in dieser Zeit, kein Wunder, dass es danach zu einem großen Krach kam. Ich habe ihn immer allein gelassen. Mit dem frühen Tod seines Vaters, mit dem drohenden Tod seines anderen Vaters…"

„Es ist okay", Misha legte ihm vorsichtig ihre Hand auf die Schulter. Was sollte sie sonst sagen? Sie war bloß eine Achtzehnjährige mit ein paar Jahren Lebenserfahrung in der Welt.

„Marc sagt immer, ich soll nicht so viel grübeln", Juri lächelte zögerlich und wandte sich von dem Tatort ab. „Wahrscheinlich hat er recht... Misha, ich hoffe, du denkst nicht, dass ich damals nicht genug für dich gekämpft hätte, vor fünf Jahren?"

Sie schüttelte entschieden den Kopf. „Natürlich hätte ich lieber nicht den Umweg eingelegt, den ich gehen musste, aber es war nicht deine oder Marcs Schuld. Sind das nicht die Deformationen der Welt, die wir ertragen müssen? Des Wirtschaftssystems und Maanas? Sie implementieren ihre entfremdenden Prinzipien in uns und lassen uns glauben, eine Person oder Personengruppe sei schuld an dem Ganzen. Dabei durchziehen ihre bizarren Prinzipien von Wirtschaftlichkeit, Effizient und Schnelligkeit unsere Körper, Gedanken und Begehren und werfen uns dann auf uns selbst zurück. Deswegen brauche ich etwas Verbindendes", Misha rieb ihre Finger aneinander, als würde sie einen weichen Stoff dazwischen spüren. „Um von dem Zerstückeltwerden wegzukommen. Ich wurde die letzten Jahre schon genug hin und her verschoben, ich mache in dieser Hinsicht keine Kompromisse mehr."

„Ich kann sehen, wieso Petr gerne Zeit mit dir verbringt", er lächelte nun genuin und nickte wissend. Misha spürte, wie ihr Kopf ganz warm wurde. Sie musste sich erst daran gewöhnen, dass Mela tatsächlich ein Dorf war.

Bevor sie etwas erwidern konnte, gab ihr Taschencomputer mehrmals hintereinander ein Geräusch von sich, demzufolge Misha Nachrichten erhalten hatte und sie lief zu ihrem Rucksack, um dem nachzugehen.

Ein paar Momente später klingelte Juris Gerät, was Misha sehr merkwürdig fand. Sie bekam in der Regel sehr wenige direkte Benachrichtigungen und fragte sich, was da los war. Als sie den Computer aufklappte, sah sie, dass ein paar Leute aus dem Stadtteiltreff ihr Nachrichtenmeldungen weitergeleitet hatten. Misha klickte darauf und las, dass Stella, Mick, Antonia, Cleef und viele andere vor ein paar Stunden festgenommen worden waren. Ihnen wurde Bildung einer Terrororganisation und Anstiftung zu Straftaten vorgeworfen.

Die Welt blieb mit einem Mal stehen und Misha hielt den Atem am. Schnell überflog sie viele andere Meldungen. Maana hatte die Proteste in Verbindung mit den gleichzeitigen Angriffen auf die Containerschiffe gebracht und hunderte der Protestierenden verhaftet. Sie sollten in Kürze einem Haftrichter vorgeführt werden. Was bei dem anschließenden Prozess herauskommen würde, war eigentlich schon klar. Sie klickte auf alle möglichen Artikel und versuchte so viel wie möglich darüber herauszufinden. Juri telefonierte im Hintergrund, aber sie nahm ihn nur noch peripher wahr.

Als sie auf eine der großen Nachrichtenportale zurückkehrte und schauen wollte, ob es etwas Neues gab, sah sie plötzlich eine Eilmeldung. Das Flugzeug, welches die Verhafteten in die Provinz transportieren sollte, wurde abgeschossen. Es wurde vermutet, dass es keine Überlebenden gab. Sie starrte fassungslos auf die Videoaufnahmen des brennenden und abstürzenden Fliegers. Immer und immer wieder klickte sie auf die Aufnahmen und fragte sich, ob das ein Hoax war. War das wirklich passiert? Oder war das eine von diesen Falschmeldungen? Woher sollte sie das wissen? Waren Stella und die anderen wirklich an Bord? Warum sollten sie überhaupt woanders hingebracht werden, in der Hauptstadt gab es doch alle Gerichte und Gefängnisse, die man brauchte. Misha verstand nichts mehr.

Vage bemerkte sie, dass Juri im Hintergrund lauter redete. Und auf Jaku. Sie stand wie in Zeitlupe auf und ging auf ihn zu. Energisch schritt er auf und ab und schrie in das Telefon.

„Diese verdammten Arschlöcher... das kann nicht wahr sein... was sollen wir nur machen..."

Mit einem Mal blieb er wie angewurzelt stehen und alles fiel ihm aus dem Gesicht. Er erstarrte förmlich und ließ das Gerät auf den Boden fallen, wo es mit einem Krachen landete. Misha wollte es aufheben, aber sie konnte den Blick von Juri nicht abwenden, der auf einmal so ganz anders aussah.

„Es passiert schon wieder", flüsterte er tonlos mit einer Grabesstimme auf Jaku.

Misha hatte ihre Muttersprache schon lange nicht mehr gesprochen, aber es kam alles wieder. Juri schien den Halt zu verlieren und stolperte nach vorne. Misha fing ihn auf, er war nur ein Stück größer als sie, aber deutlich schlanker, und sie landeten zusammen auf ihren Knien.

„Sie ist tot", kam aus ihm heraus. „Das ist alles meine Schuld."

„Wie kommst du darauf?", fragte Misha, während sie auf dem Boden knieten. „Das hat nichts mit dir zu tun."

„Du verstehst nicht", er schüttelte den Kopf, während um sie herum alle möglichen Geräte piepten und klingelten. „Das ist mein Fluch. Du hast doch zu Mythen geforscht", er richtete sich plötzlich auf, als hätte er eine geniale Idee gehabt. „Wegen mir sterben alle. Mein Ehemann Ilja, dann Marc, jetzt Stella, dann Lea. Jeder, der mir am Herzen liegt, stirbt plötzlich und unverhofft."

„Moment mal", Misha schaute ihn eindringlich an. „Marc ist nicht tot. Ich kann ihn gleich anrufen. Und Lea ist bei ihrer Tante."

„Nein, nein. Ich habe es gesehen, er wurde erschossen, wegen mir", er griff sich an den Kopf, als ob er das nicht aushalten konnte. „Und Lea ist auch weg."

Misha war das erste Mal seit Langem richtig verwirrt. Doch bevor sie einen vernünftigen Gedanken fassen konnte, sprang Juri blitzschnell auf die Füße und rannte an ihr vorbei zur Tür. Misha hatte gute Reflexe und krallte sich gerade so noch seinen Ärmel und hielt ihn fest, er zerrte mit aller Kraft in die andere Richtung. Misha ließ nicht locker und brachte sich auf die Füße, hielt ihn jetzt mit beiden Händen an den Oberarmen fest wie einen flüchtenden Verbrecher.

„Juri, was hast du vor? In deinem Zustand kannst du nicht…"

„Lass mich sofort los", er zerrte weiterhin an ihr. „Ich muss sofort raus hier. Sofort. Es geht um Leben um Tod, ich muss…"

Sie rangelten miteinander und dabei fiel Juris Brille runter, Misha trat aus Versehen darauf und es knirschte. Sie war komplett überfordert. Körperlich konnte sie ihn unter Kontrolle halten, aber wie lange. Er schien sehr davon überzeugt, den Raum verlassen zu wollen. Vielleicht sollte sie ihn gehen lassen? Und was war, wenn er sich vor eine Bahn warf oder aus dem Fenster stürzte? Sie brauchte Hilfe.

Misha ließ Juri los und rannte zur Tür, schloss diese und stellte sich davor. Juri schaute sie wütend an. Dann angelte sie sich mit dem Fuß ihren Rucksack, der daneben stand und holte den Computer heraus.

„Misha, lass mich sofort gehen", verkündete Juri. „Du verstehst das nicht. Du bist noch viel zu jung. Ich weiß, was ich tue."

„Du kannst nicht mehr Weltsprache sprechen, das macht mich stutzig", entgegnete sie und klappte das Gerät auf, suchte in ihren Kontakten und fand als erstes die Nummer von Petr. Juri behielt sie dabei immer im Auge.

„Du phantasierst", redete er weiter in Jaku. „Du warst wohl zu lange auf einem Schiff. Ich spreche ganz normal. Ich bin Professor an einer Universität…"

„Petr?", rief sie in das Telefon, nachdem jemand dran gegangen war. „Ich brauche deine Hilfe. Es ist Juri…"

„Wo seid ihr?", er klang verzweifelt. „Ich habe schon versucht ihn zu erreichen…"

„Halt Petr da raus", Juri kam auf sie zu und drohte ihr mit dem Finger. „Er hat schon genug gelitten. Außerdem spricht er nicht mehr mit mir."

Sie reagierte nicht schnell genug, denn Juri hatte ihr das Telefon entrissen und versuchte auf alle möglichen Knöpfe zu drücken, aber wegen der fehlenden Brille fand er wohl den Ausschaltknopf nicht.

„Wir sind im Museum", brüllte Misha so laut sie konnte, während sie durch den ganzen Raum miteinander rangen, Juri schleuderte ihren Computer schließlich mit voller Wucht in eine weit entfernte Ecke, wo er mit einem Knall landete und liegen blieb. Misha konnte nicht sagen, ob irgendjemand ihre Nachricht erhalten hatte oder nicht.

„Verdammt, Juri, was zum Teufel soll das? Reiß dich mal zusammen", donnerte sie ihn an, wie sie es noch nie gemacht hatte. Ihr Blut kochte. Durfte ein erwachsener Mann sich so benehmen? Das war eine Riesensauerei.

Das schien ihn etwas zu ernüchtern. Sie knieten beide schwer atmend auf dem Boden und schauten sich an. Juri schloss schließlich die Augen und schüttelte den Kopf, sodass seine kurzen Haare hin und her schwangen.

„Es hat keinen Sinn", sagte er schließlich mit erschöpfter Stimme, aber immer noch auf Jaku. „Wenn man immer alles verliert, was man hat, dann hat es keinen Sinn mehr. Ich muss verschwinden. Untertauchen. Ich kann diese Welt nicht ertragen. Du verstehst es nicht, du bist noch jung, alles liegt noch vor dir. Du hast von der Welt und ihrem Leid noch nicht viel gesehen."

„Ich hab tatsächlich mehr gesehen als du", lachte Misha humorlos.

Das machte Juri irgendwie noch wütender und er richtete sich auf. Erst jetzt sah Misha, dass er sich beim gemeinsamen Wrestling die Handinnenfläche an den Glasscherben aufgeschnitten haben musste, denn jetzt tropfte Blut von seiner Hand auf den Boden. Misha riss die Augen auf und geriet in Panik. Die Wunde musste sofort versorgt, vielleicht genäht werden.

Aber wie sollte sie in seinem Zustand überhaupt an ihn herankommen. Juri nutzte ihre kurze Abgelenktheit und rannte an ihr vorbei zur Tür. Auch bei diesem Fluchtversuch griff sie ziellos nach ihm und erwischte seinen Knöchel, brachte ihn zu Fall. In diesem Moment wurde die Tür aufgerissen und Marc und Petr stürmten herein. Juri lag ihnen quasi zu Füßen. Es war alles voller Blut. Misha schaute erleichtert zu ihnen hoch.

„Er hat... ich wusste nicht... es war...", stotterte sie, unfähig, die Ereignisse in einen sinnvollen Satz zu packen.

„Schon okay, das ist eine Schockreaktion", erklärte Marc halbwegs gefasst, wofür Misha ihm sehr dankbar war. „Woher kommt das Blut?"

„Er hat sich an einer Scherbe geschnitten", Misha kam langsam vom Adrenalin runter und rappelte sich auf.

„Ruf bitte Theo und Neev an", sagte Marc zu Petr, der sein Telefon herausholte.

„Juri, hörst du mich?", Marc beugte sich zu ihm herunter.

Juri krächzte etwas Undefinierbares.

„Steh bitte auf, hast du dir was gebrochen, kannst du laufen? Wir bringen dich nach Hause", sprach Marc auf Juri ein, während Petr ein paar Meter weiter weg telefonierte.

„Wir müssen seine Hand verbinden", er kam zurück und drehte Juris rechte Hand nach oben, aus der das Blut langsam herausfloss. Misha verzog das Gesicht.

„Da sind noch Scherben drin", sagte Marc, nachdem er einen Blick darauf geworfen hatte.

„Shit", murmelte Petr und machte sich daran, etwas herauszuziehen. Juri entriss ihm daraufhin seinen Arm mit voller Wucht.

„Lass mich los", fauchte er Petr an und machte sich unbeholfen daran, aufzustehen.

„Was hat er gesagt?", fragte Marc. Petr übersetzte.

Misha kam wieder aus ihrer Schockstarre und riss sich mithilfe ihrer Zähne einen Ärmel von ihrem T-Shirt ab. Schnappte sich Juris Hand. „Haltet den Rest von ihm fest", wies sie an und zog, sofern sie die Scherben finden konnte, diese heraus und wickelte den Ärmel so fest sie konnte um seine Handfläche und verknotete den Stoff.

„Gut, das hätten wir", atmete Marc erleichtert aus. Dann drehte er Juri zu sich, nahm ihn in den Arm und flüsterte ihm etwas ins Ohr. Juris Haltung entspannte sich etwas. Marc hielt ihn und strich ihm über den Rücken. Mishas Blick wanderte zu Petr und sie schauten sich fragend an.

Ein paar Minuten später kamen Neev und Theo herein. Sie waren sehr leise und Theo warf einen Blick auf Juris Hand. „Das kann ich später nähen, wenn er zu Hause ist", beschloss er.

„Wir sollten gehen", Marc löste sich kurz von Juri, der wieder ins entkräftete und wortlose Stadium eingetreten war.

„Ich habe einen Krankentransporter mitgebracht, für alle Fälle", erklärte Theo. „Wir sollten Juri dort einladen, es ist sicherer."

Alle nickten. Misha sammelte ihren zerschmetterten Computer und ihren Rucksack auf und schaute auf die Einkäufe vor sich. Dass sie auf dem Markt war, das schien mindestens drei Jahre her zu sein.

„Petr, ich fahre mit ihm", hauchte Marc tonlos. Alle sprachen so extrem leise, um Juri nicht aufzuregen.

„Soll ich…", fragte Petr.

„Du musst nicht mit. Wie du willst. Aber ich denke, er wird erstmal schlafen und dann langsam zu sich kommen. Ich bin die ganze Zeit bei ihm. Ich schreibe dir über jede Veränderung", sein Blick sprang von Petr zu Misha und wieder zu Petr.

„Okay, wenn es dir nicht zu viel ist", Petr nickte.

„Ich denke, ich schaffe das. Mach dir keine Sorgen. Er wird nicht verschwinden. Ich werde dafür sorgen."

Petr atmete hörbar aus. „Danke. Du weißt, ich…"

„Ich weiß", nickte Marc verständnisvoll und legte seine Hand auf Petrs Schulter. Sie umarmten sich zu dritt.

„Petr, sprichst du noch mit mir?", fragte Juri plötzlich, immer noch in Jaku, und Misha hielt die Luft wieder an, weil sie Angst hatte, dass er erneut ausrastete.

„Natürlich, Juri", er lehnte sich noch stärker an ihn, „wir haben immer gesprochen. Bitte lauf nicht weg. Wir können das zusammen durchstehen, wir haben immer alles zusammen gepackt, weißt du noch?"

„Das hat Ilja auch im letzten Stadium seiner Krankheit gesagt und dann war er weg", rief Juri plötzlich vehementer und versuchte sich loszureißen.

„Genug davon", verkündete Theo und gab ihm eine Beruhigungsspritze, bevor noch mehr passieren konnte.

Marc fing ihn auf und zu dritt trugen sie ihn die Treppe runter in den Wagen, wo er auf einer Liege festgeschnallt wurde.

Petr trat zurück, während Marc sich reinquetschte und Theo und Neev sich vorne in die Fahrerkabine setzten. Misha legte ihren Arm um Petr, er zitterte am ganzen Körper.

-25-

Misha holte ihre Einkaufstaschen und sie fuhren zusammen zu Petrs Wohnung. Sie sprachen kein Wort und Misha hatte das Gefühl, Petr war ganz tief in seinen Gedanken. Als sie vor seiner Tür ankamen, drehte er sich zu ihr um.

„Du musst nicht auf mich aufpassen, ich komme schon allein zurecht", er wich ihrem Blick aus.

Misha überlegte. „Kann ich mir die Hände bei dir waschen?", sie zeigte auf die Blutspuren, die sie nur notdürftig abgewischt hatte. „Und vielleicht ein T-Shirt ausleihen?"

„Okay", Petr schien erleichtert und sie betraten sein Heim.

Er wohnte im schönen Maifeld, das sehr ruhig und fast schon ländlich geprägt war. Misha zog ihre Jacke und Schuhe aus und trat in die Küche, um aus dem Fenster zu schauen. Zwei- bis dreistöckige Wohnhäuser wohin man sah und dazwischen sehr viele Bäume, die im Sommer bestimmt schön grün waren. Doch jetzt erstreckte sich ein grauer Himmel über ihnen.

Misha drehte sich wieder um und nahm die Küche in sich auf. Sie war minimalistisch und hatte einen Esstisch in der Mitte mit zwei Stühlen, an der Seite eine Küchenzeile und an der anderen Seite Schränke, alles aus hellem Holz und nur leicht abgenutzt. Misha nahm den Wasserkessel, füllte Wasser rein und stellte ihn auf den Herd. Suchte nach Tassen und Tee und öffnete die Schränke, die so ordentlich eingeräumt waren, wie sie es noch nie irgendwo gesehen hatte. Zugegebenermaßen hatte sie noch nicht viele Küchen in ihrem Leben gesehen.

Bei ihren Eltern hatte immer Chaos geherrscht, alles schien immer auseinanderzufallen und überall quoll es heraus, aus den Schubladen, Schränken, Ablagen. Ihre eigene Küche war seit ihrer Ankunft fast in ihrem Ursprungszustand, der vor allem Leere repräsentierte. Doch Petr hatte überall fein säuberlich Kartoffeln, Nudeln, Zwiebeln, eingelegte Gurken, Dosentomaten, fünf Sorten Tee, Mehl und Zucker in Glasbehältern und so viel mehr. Misha erblasste vor Neid. Ironischerweise ging an dem Tag, an dem sie endlich ihr häuslichen Selbst reaktivieren wollte, alles schief.

Nachdem sie alles für einen Tee vorbereitet hatte, ging sie in den Flur und sah, dass Petr immer noch dort stand. Er wirkte zerstreuter als sonst, was nach der Geschichte mit Juri auch kein Wunder war.

„Komm, der Tee ist gleich fertig", sie zeigte auf den Küchentisch. Holte das heiße Wasser und schenkte ein.

Während der Tee zog, schlüpfte sie ins Bad. Es war irgendwie niedlich mit blau gemusterten Kacheln und einem winzigen Fenster. Misha nahm eine nach Lavendel duftende Seife und wusch sich das Gesicht und die Hände. Eine dunkle Farbmischung rann von ihren Händen in das weiße Waschbecken und sie beobachtete, wie sie in dem Abfluss verschwand. Misha spülte nach und trocknete sich ab.

Als sie zurückkam zog sie die Teebeutel aus den Tassen und holte ihre Einkaufstaschen, um Milch und Butter im Kühlschrank zu verstauen. Petr saß am Tisch und legte seine Hände um seine Tasse. Misha fand es einfacher, etwas zu tun zu haben, um das Geschehene zu verarbeiten. Deswegen hatte die Arbeit auf den Containerschiffen ihr nicht so viel ausgemacht. Wenigstens hatte sie da eine

Aufgabe. Das Wirtschaftssystem der Welt am Laufen zu halten. Sie hatte die Kälte, die unbequemen Schlafplätze und das Ausgeliefertsein gehasst, aber die Arbeit an sich war… nicht ihre erste Wahl, aber auch keine schlimme Bestrafung gewesen.

Sie zog den zweiten Stuhl heraus und setzte sich Petr gegenüber. Sein Blick war nach unten gerichtet. Sie überlegte, ob sie ihn fragen sollte, wie es ihm ging und ob sie etwas für ihn tun konnte. Hatte Angst, dass er sie dann rausschmeißen würde. Sie war nicht gut in diesem Sachen. Leuten helfen. Sie trösten. Misha schob ihre Tasse hin und her, nahm einen ersten Schluck.

„Kannst du mir helfen, ein neues T-Shirt auszusuchen?", sagte sie schließlich.

Petr nickte und stand auf. Sie folgte ihm in das Schlafzimmer. Es sah sehr gemütlich aus, mit einem Holz-Wandschrank, einem dunkelgrauen Hochflor-Teppich und einem etwas größerem Einzelbett, dessen Bettdecke ordentlich gefaltet war und das unter einem großen Fenster stand. An einem kleinen Schreibtisch sah sie einen Laptop, Papierkram und Bücher.

Petr öffnete den Schrank und zog ein schwarzes T-Shirt heraus und warf es ihr zu. Misha drehte sich um, zog sich schnell um und angelte noch einen schwarzen Kapuzenpullover aus dem Schrank, zog auch diesen über. Dann nahm sie Petrs Hand.

„Erzähl mir von Stella, wer war sie? Ich habe sie nur ein paar Mal gesehen", sie führte Petr zum Bett und schlug die Decke zurück. Er ließ sich widerstandslos hereinfallen und Misha legte sich neben ihn, zog die Decke über sie beide.

„Sie hat Juri viel bedeutet… war sie auch wichtig für dich?", flüsterte sie in sein Ohr und schmiegte sich an seinen Rücken.

„Stella hat bei Juri studiert", begann Petr, „und war ziemlich gut in allem, was sie gemacht hat, sehr engagiert und immer an den besten Ergebnissen interessiert. Sie und Juri haben auf der wissenschaftlichen Ebene total harmoniert", er malte mit dem Zeigefinger Kreise auf den Bettbezug vor sich. „Aber sie hat auch in einer WG in der Nähe von unserem Haus gewohnt und obwohl Juri sich manchmal darüber aufgeregt hat, kamen sie oder andere öfter bei uns vorbei für irgendeinen Kleinkram und es gab ein Schwätzchen an der Türschwelle oder eine schnelle Tasse Tee. Da wurde ein Buch zurückgegeben oder irgendeine belanglose Frage zum Lehrplan gestellt, jedenfalls hatte Juri das immer so geschildert, ich war da nicht so beteiligt. Für Lea und mich war es irgendwie normal, dass immer irgendwelche StudentInnen vor der Tür standen. Sie waren nett, oft flippig oder auch seltsam. Manchmal wollte ich so sein wie sie, wusste aber immer, dass ich zu uncool dafür war. Lea war da schon anders. Sie kam mit jedem ins Gespräch und machte Scherze, während ich meistens in meinem Zimmer lernte. Ich wollte maximal gut in der Schule sein um Juri, aber auch Ilja, auch wenn er schon tot war, gerecht zu werden. Verdammt, jetzt komme ich vom Thema ab", er griff sich an den Kopf und drehte sich auf den Rücken. „Es sind so viele Sachen, die miteinander verknotet sind", ächzte er. „Ich will dich hier echt nicht zuquatschen…"

„Ich bin gut darin, Knoten zu lösen, aber auch zu knüpfen, habe ich alles auf dem Schiff gelernt", Misha legte ihre Hand auf seinen Brustkorb, da, wo sein Herz war und ließ sie dort. „Es gibt viele komplizierte Knoten, die einfach zu lernen sind, aber am fiesesten sind die kleinen, festen Knoten, die sich schon in das Material hineingefressen haben. Aber auch vor denen schrecke ich nicht zurück... Also, was ich sagen will, ich vermute, du musstest nach dem Tod von Ilja alles irgendwie zusammenhalten..."

„Juri war ein guter Vater", Petr richtete sich auf den Unterarmen auf und schaute Misha von oben an. „Er hat uns so viel Normalität wie möglich gegeben und gleichzeitig seine Passion, die Wissenschaft, vorangetrieben. Zwischen Ilja und Marc hatte er keinen Partner gehabt, über zehn Jahre lang, weil es nicht in unser hektisches und dichtes Leben gepasst hätte. Deswegen könnte ich ihm nie etwas vorwerfen. Nur...", er legte sich wieder hin und starrte an die Decke, „... als er im Untergrund verschwunden war, weil er dachte, Marc wäre erschossen worden, er aber nur schwer verletzt war, da dachten Lea und ich Juri wäre tot und ich wusste, ich musste jetzt die Familie übernehmen. In diesen Wochen der Unsicherheit...", er drehte sich zur anderen Seite und vergrub sein Gesicht im Kissen, fing wieder an zu zittern, „... und als er wieder zurückkam, da war ich erleichtert, aber ich habe auch eine wahnsinnige Wut auf ihn gehabt, die nicht mehr wegging. Wut darüber, dass er uns im Stich gelassen hatte und wir den Tod von Ilja nie aufgearbeitet haben. Und er war einfach feige weggerannt", das letzte Wort spuckte er aus. Sein ganzer Körper war angespannt. „Und jetzt macht er genau dasselbe. Er wäre abgehauen, wenn du ihn nicht daran gehindert hättest, hätte sich vielleicht was angetan und das kann ich ihm nicht verzeihen", er ballte die Fäuste und rollte sich zusammen.

Misha atmete aus und presste ihre Lippen aufeinander. Das war viel.

„Juri ist immer so kontrolliert und ordentlich, irgendwo muss die jahrzehntelang aufgestaute Energie hin und bricht sich in solchen Momenten Bahn", überlegte Misha.

„Ich dachte, seit er mit Marc zusammen war, würde das nicht mehr passieren. Sie sind so gut zueinander. Juri wirkt viel glücklicher, ausgeglichener."

„Der Tod von einem geliebten Menschen ist ein schwerer Schicksalsschlag."

„Als ich sechs war, musste ich mich von meinem Vater verabschieden", Petr richtete sich wieder auf, „und ich laufe auch nicht herum wie ein kopfloses Huhn."

„Du hast angefangen zu tanzen", sagte Misha sanft und strich ihm über den Arm.

Das brachte ihn etwas runter. „Du hast recht", er ließ sich wieder fallen. „Ich habe die Ausbildung im Maschinenbau abgebrochen, habe den Kontakt zu Juri abgebrochen, hab eine Therapie gemacht und habe angefangen zu tanzen. War die beste Entscheidung meines Lebens. Mit Marcs Hilfe haben Juri und ich auch wieder angefangen miteinander zu sprechen. Aber jetzt wiederholt sich das vor fünf Jahren nochmal…"

„Es ist keine Wiederholung, oder?", lenkte Misha ein. Was wusste sie schon, es war ein Schuss ins Ungewisse. „Er lässt dich nicht allein mit deiner Trauer, auch wenn sich das für dich so anfühlt. Du bist nicht sechs und nicht achtzehn und musst nicht alles zusammenhalten. Und diesmal ist Marc da. Und Lea ist erwachsen und bei ihrer Tante."

Sie nahm seine Hand und verschränkte ihre Finger miteinander. Petr schloss die Augen und atmete tief ein und aus.

„Lea hat es gut. Ich habe sie oft beneidet. Bei der Übersiedlung nach Mela und beim Tod von Ilja war sie zu klein, um das bewusst mitzubekommen, auch sonst war die Verantwortung nie auf ihren Schultern, sie konnte halbwegs unbeschwert aufwachsen."

„Trotzdem bist du mir lieber", murmelte Misha und sie blieben noch eine Weile so nebeneinander liegen, schaute nach draußen in den Himmel, über den die Abenddämmerung kroch.

„Ich habe ja nie gelernt zu kochen", sagte Misha unvermittelt. „Meinst du, du könntest uns etwas zubereiten?"

„Ich hab keinen Hunger."

„Ich schon. Nach diesem ganzen Workout mit Juri braucht mein Körper Kalorien. Komm schon."

„Okay, wenn du so charmant fragst", lachte Petr und sie standen auf, um in die Küche zu gehen.

Petr begann sogleich mit Töpfen zu klappern und Gemüse zu schnippeln und schon bald lag ein köstlicher Geruch in der Luft, der Misha immer noch an ihr Zuhause erinnerte, obwohl dieses schon mindestens zwei Welten weit entfernt schien. Zwischendurch holte Petr seinen Taschencomputer heraus und las angestrengt darauf.

„Juri schläft immer noch", erklärte er. „Marc wird sich morgen wieder melden. Mal sehen, wie es dann weitergeht."

„Das ist doch schon mal gut", meinte Misha und schenkte sich noch mehr Tee ein.

Sie ließ Petr ansonsten in Ruhe arbeiten und streifte durch die Wohnung. An den Wänden fand sie Fotos von ihm, Juri und Lea, Landschaftsbilder und schwarz-weiß Aufnahmen von TänzerInnen. Auf einem Regal standen Bücher von Nil, Brettspiele und technische Sachen wie Lautsprecher und Tastaturen. Und dann rief er sie, weil das Essen fertig war.

„Du hast Gulasch gemacht?", rief sie, als sie den Topf vor sich sah. „Das habe ich das letzte Mal in Jaku gegessen."

„Es ist vegetarisch und Juris Version", winkte Petr ab. „Juri hat viele Gerichte aus seinem Heimatland nachgekocht und ich habe sie übernommen."

Sie setzten sich und Misha langte zu. „Hmm, es ist wahnsinnig köstlich."

„Danke", Petr aß auch etwas, wenn auch zögerlicher.

„Warum bist du von deinen Eltern weggegangen?", fragte er nach einer Weile.

„Hmm", Misha kaute und schluckte. „Ich wurde leider in eine absolut lieblose Familie hineingeboren, in der meine Hauptaufgabe darin bestand, bei den Tanten und Onkeln zu wohnen, die gerade Hilfe im Haushalt brauchten und mich später um meine kleinen Geschwister zu kümmern, während meine Eltern rund um die Uhr auf ihrem Zuliefererhof für Maana arbeiteten. Eine Zeit lang habe ich versucht meine Eltern davon zu überzeugen, dass ich mehr als Musterschülerin und Kinderbetreuerin bin, aber das interessierte sie nicht", sie zuckte mit den Schultern. „Dann war der Plan bis achtzehn auszuharren. Aber als ich mit zwölf meinen ersten Suizidgedanken immer schwerer abschütteln konnte, dachte ich mir, ich habe nichts mehr zu verlieren, ich haue ab, dann aber richtig, in meine Traumstadt Mela. Ich weiß, es klingt so herzlos von einem Tag auf den anderen so einen Schlussstrich zu ziehen. Aber ich habe mit meiner Familie sehr schwache Verbindungen gehabt, und selbst diese haben sich meistens wie Fesseln angefühlt, es war befreiend, diese zu kappen. Wenn auch die Zeit danach aus anderen Gründen sehr mühsam und beschwerlich war."

„Wow", Petr riss die Augen auf. „Das ist… woher hast du dieses Durchhaltevermögen, ich meine… mit zwölf?"

„Ich war dreizehn, als ich herkam. Es ist wahrscheinlich nur Überlebenswille gemischt mit einer Autonomiebesessenheit", sie versuchte zu lächeln.

„Du warst… schutzlos", er schüttelte den Kopf.

„Das war die größte Herausforderung", sie nickte vehement. „Ob auf dem Schiff, hier in Mela vor fünf Jahren oder in Jaku bei meiner Familie, immer musste ich um meine körperliche Unversehrtheit kämpfen. Du kannst dir nicht vorstellen, wie anstrengend das ist. Gerade als junges Mädchen. Ich durfte nie jemanden an mich heranlassen. Deswegen…", sie legte ihre Gabel beiseite und senkte den Blick. „Als ich dich hab tanzen sehen, da hat irgendwas klick gemacht. Es tut mir leid, dass ich danach so reagiert habe", ihre Stimme wurde immer leiser. „Da habe ich verstanden, dass ich mich nie mit meinem Körper so frei bewegen kann. Alles hat seinen Preis. Autonomie hin oder her. Und du hast es nicht verdient, dass jemand wie ich…", sie brach ab.

„Misha…", er wollte nach ihrer Hand greifen, doch sie zog sie vorher weg und vergrub beide Hände zwischen ihren Knien. Sie spürte, wie ihr Blickwinkel sich verengte. Verdammt, das war wirklich ihr wunder Punkt. Sie sah irgendwie keinen Ausweg aus diesem Dilemma, überlegte abzuhauen, aber das konnte sie Petr jetzt nun wirklich nicht antun. Was hatte Marc gesagt, man musste über solche Sachen reden.

Misha holte tief Luft und schloss die Augen. „Es fühlt sich an wie in einem Taucheranzug auf einer Party aufzukreuzen. Inklusive Sauerstoffflaschen. Ich stapfe also mit meinen unhandlichen Flossen und Atemgerät und Schutzbrille durch diese enge und gut besuchte Party, wo sich jeder zu amüsieren scheint und dieser Anzug ist einfach zu eng. Er ist gut zum Tauchen und wie eine zweite Haut, aber hier ist er wie ein Gefängnis, man ist darin wie gefesselt und ich kann ihn nicht einfach mit einer Handbewegung abziehen und loswerden, er klebt an mir, vielleicht ist er schon meine erste Haut geworden? Ich komm da nicht raus", sie schlug mit der flachen Hand auf den Tisch und öffnete die Augen. „Hab ich jetzt das Essen ruiniert?"

„Nein", Petr schüttelte den Kopf. „Mach dir keine Sorgen. Ich versuche mir vorzustellen, wie es für dich sein muss. Vorhin hast du mich oft berührt, ist es für dich einfacher, wenn du die Initiative ergreifst?"

Misha spürte, wie ihr Kopf ganz warm und ihr Hals trocken wurde. Es ging wohl nicht anders, sie musste über diese Dinge sprechen. „Ja", sagte sie und vermied immer noch Petrs Blick. So viel Verletzlichkeit konnte sie sich noch nicht eingestehen. Deswegen sprang sie auf und begann den Tisch abzuräumen. Draußen war es mittlerweile stockdunkel geworden. Sie spürte Müdigkeit in jedem Knochen.

„Lass uns gleich schlafen gehen, okay?", sagte Misha beim Abspülen und Petr stimmte ihr zu.

Sie räumten beide noch etwas in Petrs Wohnung herum, bis Petr sich umgezogen und ins Bett gelegt hatte. Misha schaltete dann das Licht aus und zog ihre Hose und den Pullover aus und legte sich zu ihm unter die warme Bettdecke. Es fühlte sich verdammt gut an.

„Wenn du willst, können wir etwas zusammen träumen, dann kannst du vielleicht besser schlafen", murmelte sie in seine Haare.

„Hmm."

Sie nahm seine Hand und verschränkte ihre Finger. „Mach die Augen zu", flüsterte sie. „Ich kann dir zeigen, wo ich Träumen gelernt habe."

Und schon liefen sie zusammen durch eine schummrige Gegend, in der nur Schemen zu erkennen waren. Langsam wurden Umrisse von Bäumen sichtbar, die sich vage gegen ein schwaches Licht der Abenddämmerung abhoben.

„Ist das in Jaku?", fragte Petr und schaute sich erstaunt um.

„Genau. Gab es Wälder, da wo du mit Juri und Ilja gelebt hast?"

„Das ist wirklich lange her", Petr kratzte sich am Kopf. „Ich war mit den beiden auf jeden Fall oft in Bibliotheken, Hörsälen, der Mensa", er lachte. „Sie haben immer viel diskutiert. Mit sich und den anderen. Es ging meistens um Politik, um das Verstecken ihrer Beziehung, um berufliche Perspektiven. Aber mit Olena und meinen Cousins und Cousinen war ich im Wald, Pilze und Beeren sammeln."

„Wie war das?"

„Ganz ehrlich? Etwas überfordernd. Diese Weite... ich hatte Angst, darin verloren zu gehen."

„Oh ja, das kann passieren. Schau mal, da", sie blieben auf einer Anhöhe stehen und Misha zeigte auf Schichten und Schichten von dunklen Wäldern in den unterschiedlichsten Schattierungen, die sich weit in den Horizont erstreckten.

„Wow", staunte Petr, „das ist…"

„Ich weiß…", Misha seufzte bei dem Anblick. „Hier kann man Sachen erleben… fliegen lernen, verloren gehen, sich wiederfinden, in Abgründe stürzen, Schätze entdecken, auf Bäume klettern, sich mit anderen Waldbewohnern anfreunden, fast erfrieren und so weiter. Komm!"

Misha schnappte sich seine Hand und sie stürzten zusammen in einen dichten Nebel. Als sie wieder etwas sehen konnten standen sie auf einem gigantischen umgestürzten Baumstamm.

„Warte", rief Petr und versuchte sein Gleichgewicht zu halten. „Ich…"

Sie balancierten nach unten und Misha rief „hier lang!" und sprang beherzt in einen Laubhaufen. Petr kam ihr hinterher und plötzlich waren sie in einem Strudel aus gelben und roten und braunen Blättern, die sich immer schneller drehten.

„Was?", rief Petr mit weit aufgerissenen Augen, doch bevor er noch etwas anderes sagen konnte, landeten sie mit einem lauten Platsch in einem riesigen Matschgraben. Misha wischte sich über die Augen und betrachtete ihre schmuddeligen Gesichter und Körper. Fing an hysterisch zu lachen.

„Muss das sein?", fragte Petr weniger amüsiert und betrachtete seine matschigen Hände. „Hier sind bestimmt jede Menge Keime drin."

Misha lachte noch mehr und nahm vom Boden der Pfütze etwas Matsch, um es ihm auf den Kopf zu werfen. Er schrie auf und schaute sie entsetzt an, stürzte sich auf sie und tunkte ihren Kopf unter. Misha zappelte und übermannte ihn schnell, stieß ihn erneut in die Brühe, doch er ließ nicht locker und so rangelten sie eine Weile, bis sie erschöpft liegen blieben.

„Das...", Petr versuchte sich über das Gesicht zu wischen, aber machte es nur schlimmer.

„Ich kann nichts dafür, das gehört auch dazu", sie hob entschuldigend die Hände.

Petr hob zweifelnd die Augenbrauen, jedenfalls was davon noch sichtbar war.

„Okay, dann müssen wir durch den Hochsee-Achterbahn-Kanal zurück nach Mela", sie schnappte sich seine Hand und rannte so schnell es ging los. Ihre Laufstrecke verwandelte sich in einen hochtechnisierte transparente Röhre, durch die Wasser schoss und sie in Nullkommanichts wieder schön sauber machte, aber auch Teile ihrer Kleidung und Haare davonspülte.

„Halt dich gut fest", rief Misha gegen die Strömung an und krallte sich an Petrs Hand fest. „Es ist schneller und stärker als ich gedacht habe, ups."

„Was... wie...", stammelte Petr und sah noch seine Jacke und die Stiefel davonfliegen.

„Oh, die sind jetzt weg", Misha verzog das Gesicht und versuchte noch den Kapuzenpullover festzuhalten, der vom Wind zerfetzt wurde, dabei knallte sie schmerzhaft mit dem Kopf gegen die Röhre und verlor Petrs Hand. An der Stelle, an der sie die Glasröhre erwischt hatte, rieselten Glasscherben heraus und landeten in einer Hand, die auf einmal Juri gehörte, doch er wurde von der

Strömung sofort weggeschleudert und zerschellte vor ihr in tausend Stücke.

„Petr?", rief Misha und sah im selben Moment, dass er sich an ihrem Fuß festhalten konnte. „Du bist da. Hast du das gesehen?"

Und mit einem Mal landeten sie in Petrs Bett.

„Verdammt Misha, stellst du dir so ‚keine Alpträume' vor?", rief Petr und richtete sich auf.

„Sorry, am Ende ist alles etwas außer Kontrolle geraten", sie zuckte mit den Schultern. „Das ist oft so, wenn zu viel Adrenalin beteiligt ist, dann wird es brenzlich, es war nicht geplant."

„Wenn meine Schuhe morgen früh nicht an ihrem Platz stehen…"

„Sie sind bestimmt da", sie fiel in die Kissen zurück und lachte.

„Hast du eine Beule?", er strich über ihren Kopf und fühlte.

„Au", sagte Misha.

„Das sollte dir eine Lehre sein", seufzte er.

„Immerhin sind wir schön sauber, wie ich versprochen habe", gähnte Misha und schloss die Augen.

-26-

Am nächsten Morgen war Petr schon früh aus dem Bett gekrochen und meinte, er müsste dringend bei Juri vorbeischauen, um sicherzugehen, dass alles okay war. Misha schlief noch etwas weiter, stand dann aber irgendwann auch auf, nahm ihre Einkäufe und schlenderte nach Hause.

Die Traumwelten von letzter Nacht verblassten ziemlich schnell, als Misha mit den Tatsachen dieser Realität konfrontiert wurde. Überall in der Stadt trauerten die Menschen über den großen Verlust der jungen Leute. Gruppen von ihnen standen zusammen, lagen sich weinend in den Armen oder sprachen leise und schluchzten.

Misha fuhr als erstes zum Verwaltungsgebäude der Zentralen Dienste, um dort ihren zerschmetterten Kompaktcomputer zur Reparatur abzugeben. Es war zwar Sonntag, aber wegen der Ausnahmesituation war trotzdem jemand da und Misha konnte ihm das Gerät in die Hand drücken.

Danach fuhr sie nach Hause und schaltete ihren Laptop ein, um sich über die aktuelle Lage zu informieren. Mittlerweile wurde bestätigt, dass neun der Demonstranten aus Mela bei dem Flugzeugabsturz umgekommen waren. Misha las sich ihre Namen durch und spürte, wie alles in ihr zusammensackte. Ihre Leichen waren schon auf dem Weg hierher. Maana sprach von einer falsch abgefeuerten Flugabwehr.

Gleichzeitig hatte es weitere Angriffe auf die Containerschiffe gegeben, sodass es wohl zu einem erheblichen wirtschaftlichen Schaden für Maana gekommen war. Weltweit wurden die Vorgänge scharf verurteilt und auch

Mela hatte schon ein Statement veröffentlicht, was Maana direkt angriff und die offizielle Version mit dem Unfall anzweifelte. Maana war bekannt für seine windelweichen Ausflüchte und Verdrehungen von Tatsachen. Das ging nach dem Prinzip je dämlicher, desto besser. Misha klappte den Laptop zu und ließ sich ins Bett fallen.

Ihr Kopf schwirrte von all diesen Sachen. Diese ganze Auseinandersetzung mit Juri steckte ihr noch in den Knochen, der Tag gestern mit Petr war sehr intensiv und dann das Träumen. Das war alles sehr viel und sie fragte sich, wie sie das alles verdauen sollte.

Zunächst ging sie zum Boxen und stellte fest, dass sehr viele andere Leute auf dieselbe Idee gekommen waren. Der Laden war voll. Misha zog sich um und stellte sich an, um an einen Boxsack zu kommen. Währenddessen beobachtete sie die anderen, die meistens Männer waren, aber auch ein paar Frauen waren nun dabei. Es wurde nicht viel gesprochen, deswegen war man ja hier. Stattdessen wurde viel geschlagen und bald kam auch Misha zum Zug.

Sie hämmerte alles raus, was sie hatte und verschwand danach in der heißen Dusche. Dort zerflossen die Ereignisse der letzten vierundzwanzig Stunden in verschiedene Ströme und rannen ihren Körper hinab, bahnten sich ihren Weg durch ihre Adern, durch die schmerzenden Muskeln und Sehnen, durch die Kapillaren und Faszien. Die Ströme waren so violett wie die Blutergüsse, die sie abbekommen hatte, als sie das erste Mal auf dem nassen Deck ausgerutscht war; so rot wie das Blut auf Juris Hand; so blau wie ihre Zehen, als sie sie sich bei einer Überfahrt aus Versehen fast abgefroren hätte; so schwarz wie das Loch in ihrem Brustkorb, als sie ihre Familie verlassen hatte; so spitz wie Glasscherben; so heiß wie das Feuer, das die Protestler verschlungen hatte; so pulsierend wie Petrs Herzschlag. Misha drehte das Wasser ab und atmete tief durch.

Den Rest des Tages verbrachte sie mit sinnlosen Tätigkeiten. Sie konnte Petr nicht anschreiben und wollte auch nicht einfach bei ihm vorbeischneien. Am nächsten Morgen stand sie allerdings sehr früh auf und eilte ins Büro. Ihr ganzer Körper ächzte danach, Aufgaben zu lösen, Arbeit zu erledigen, Ergebnisse zu produzieren, etwas zu machen. Das war das, was ihr auf dem Schiff immer Halt gegeben hatte und auch jetzt klammerte sie sich gerne daran.

In einem flotten Tempo fraß sie sich durch ihre Ablage und feuerte rechts und links die Vorgänge und Probleme weg. Auch die komplizierten Fälle, die in den letzten Wochen liegen geblieben waren, nahm sie sich vor. Sobald die anderen KollegInnen eingetroffen waren und fast alle Büros gefüllt waren, lief sie herum, um sich Rat bei der Bearbeitung zu holen, um wirklich alle Probleme bis auf das Letzte zu lösen.

Als sie bei Dana reinschaute, um zu fragen, wo die Vorlage für die Abfrage der Unterhaltsverhältnisse gespeichert war, sah sie, dass vier andere KollegInnen bereits in dem Büro waren und alle angeregt über die aktuellen Ereignisse diskutierten.

„Man muss dazu sagen", führte gerade eine Kollegin aus, die Misha vage aus dem zweiten Stock kannte, „dass sie mit dem Wissen nach Jaku gefahren sind, verhaftet und verurteilt werden zu könnten. Ich will nicht sagen, dass sie das hätten kommen sehen können, aber es war auch kein risikoloses Unterfangen."

„Die jungen Leute sind halt sehr idealistisch und wollen für die gute Sache kämpfen", seufzte Rosi und schob sich ihre Brille zurecht.

„Im Prinzip haben das die GründerInnen von Mela auch gemacht", Christian zeigte mit seinem Kugelschreiber in die Luft, als hielte er eine imaginäre Präsentation. „Sie haben ihr Leben riskiert, um für bessere Verhältnisse zu kämpfen."

„Vor Ort", betonte die Kollegin mit Nachdruck, „nicht irgendwo in der Pampa, wo sie die Regeln und Gesetze nicht kennen und nicht einschätzen können."

„Ich verstehe es nicht", Dana schüttelte den Kopf, „Stella war Juris rechte Hand, wieso ließ sie sich auf so eine waghalsige Aktion ein? Sie war doch über die Umstände und Risiken bestens informiert, sie hat doch direkt mitbekommen, wie sie damals auf Juri losgegangen sind, sie hätte es doch wissen müssen…"

„Und die anderen sind ihr blind gefolgt", stimmte ihr die Kollegin zu. „Ich will ihr nicht die Schuld geben, aber irgendwas sagt mir, dass das vermeidbar gewesen wäre und das finde ich darf man trotz der ganzen Trauer nicht unter den Teppich kehren, wenn ihr wisst, was ich meine."

„Die jungen Leute und ihre Familien…", Rosi schüttelte den Kopf. „Ich weiß nicht, wie wir diese alles überwältigende Trauer bei der Beerdigung überstehen sollen."

„Leute, wir machen hier unsere Arbeit so gut wir können und der Rest wird sich zeigen", verkündete Christian und das war irgendwie der Stichpunkt dafür, dass die Versammlung sich auflöste.

Misha ging auch mit raus und wollte gerade nicht mehr über Unterhalt nachdenken. Stattdessen lief sie hoch in den zweiten Stock zum Büro von Petr. Sie stellte sich in den Türrahmen und beobachtete ihn, wie er konzentriert auf den Bildschirm starrte und auf der Tastatur tippte. Seine kurzen braunen Haare waren hinter seinen Ohren angelegt und seine Fingerspitzen berührten die Tasten sachte, sodass es alle paar Momente klack machte. Kurz hielt er inne und blätterte in den Unterlagen vor sich, schaute dann wieder nach vorne. Schließlich drehte er sich um und blickte Misha an.

„Hey du", sagte sie und trat in das Büro. „Ich wollte mal vorbeschauen. Wie geht es dir?"

Er drehte sich zu ihr und Misha sah die Schatten unter seinen Augen. „Ich war gestern bei Juri. Er hatte immer noch nur Jaku gesprochen. Aber heute Morgen hat Marc geschrieben, Juri hätte die Weltsprache wiedergefunden. Ich weiß nicht, wie viel sonst wieder da ist. Ich werde nach der Arbeit bei ihm vorbeischauen."

„Das ist doch schon mal ein Fortschritt. Soll ich dich begleiten?"

Petr trommelte mit dem Bleistift auf die Tischkante. Misha kam noch näher und setzte sich vor ihn auf die Tischplatte.

„Wir treffen uns nach Arbeitsschluss, okay?", verkündete sie schließlich. „Wenn es nicht zu viel für Juri ist."

„Ich denke, das geht in Ordnung. Vielleicht ist es gut für ihn. So wie ich ihn kenne, machte er sich bestimmt große Vorwürfe wegen der Szene, die er gemacht hat. Dann könnt ihr darüber sprechen, so wie Marc das so schön sagt", und ein erstes Lächeln umspielte seine Lippen.

„Marc hat ganz sicher recht, wir sollten seine Anweisungen befolgen", grinste Misha und dachte an das eine

Telefonat mit ihm. Dann sprang sie wieder auf. „Also dann, hol mich ab, wenn du fertig bist."

„Ich hab das Gefühl, über der ganzen Stadt liegt Trauer", Misha schaute aus dem Fenster der Bahn und deutete auf die vielen Stellen, an denen Pflanzen, Karten und Kerzen hinterlegt waren.

„Es ist mir auch schon aufgefallen", stimmte Petr ihr zu, „und ich kann mich nicht erinnern, das jemals so erlebt zu haben. Überall, wo die umgekommenen DemonstrantInnen gelebt oder gearbeitet haben, findet man diese Beileidsbekundungen. Bestimmt gibt es auch beim Stadtteiltreff viel Trauer, warst du dort?"

Misha schüttelte den Kopf. „Es ist alles noch zu frisch…"

„Ich auch nicht. Viele der Angebote werden diese Woche ausfallen. Ich weiß auch nicht, ob ich tanzen könnte, es ist alles so emotional, selbst einfachste Musik bringt mich an den Rand…"

„Weißt du, wann die Beerdigung sein soll?"

„Schon in drei Tagen."

„Wie läuft das ab?"

„Wie das in diesem spezifischen Fall ablaufen wird, weiß ich nicht. Aber wir haben generell keinen Friedhof, es wird eine Waldbestattung geben."

„Okay", Misha hob die Augenbrauen. „Das klingt vernünftig. Ich konnte Friedhöfen nie etwas abgewinnen."

Als sie sich Juris Haus näherten, wurde Misha urplötzlich von Erinnerungen überwältigt. Sie verlangsamte ihren Schritt und registrierte die Bilder, die vor ihren Augen auftauchten. Sie und Lea laufen zusammen hierher. Mishas

Angst, entdeckt oder ausgelacht oder ausgenutzt oder bemitleidet zu werden. Das Gefühl, nicht dazuzugehören. Die warmen Mahlzeiten, die ihr umso mehr verdeutlichten, dass sie sonst nie warme Mahlzeiten hatte. Das war in einer anderen Zeit gewesen und dennoch... Misha spürte ihre langen Haare, die zu einem Zopf geflochten waren, die übergroße Kleidung, den Rucksack auf ihrem Rücken, der ihr ein und alles war.

„Alles okay?", Petr tippte sie an der Schulter an und Misha schreckte auf.

„Ich war schon einmal hier, bin schon einmal diesen Weg gelaufen", sagte sie bloß und Petr verschränkte ihre Hände miteinander. „Es ist, als ob ich in meine Fußstapfen von damals trete. Ist das komisch?"

Und dann schaute sie auf den Boden und sah statt der kleinen Fußspuren von damals diese breiten Abdrücke, diese tiefen Gräben, als wäre ein Riesensaurier vorbeigelaufen. Sie waren aber nicht versteinert, sondern weich und einladend, innendrin mit blauem Moos und Flechten bewachsen, wie kleine Nester. Ihre Spuren waren lebendig geblieben und nicht verschüttet, nicht verwischt. Misha lief mit Petr über sie und staunte über diesen Weg, der sich in der Zwischenzeit selbstständig gemacht hatte und sein Eigenleben entwickelt hatte.

„Ich hätte nie gedacht, dass meine zerschlissenen Schuhe von damals diese Abdrücke hinterlassen konnten", wunderte sie sich.

„Du hast auf jeden Fall Eindruck hinterlassen", lachte Petr.

Und dann standen sie vor der Haustür und Petr gab den Code ein, sie traten ein. So vieles war immer noch wie damals, dachte Misha sofort. Überall Juris Bücher, Fotos von Lea und Petr, Kinderzeichnungen, aber auch Musikequipment von Marc. Immerhin war der Eingangsbereich nicht mehr so übersäht von unsortierten Schuhen. Misha konnte nur die schwarzen und braunen Lederschuhe von Juri und Marc entdecken. Dort stellten Petr und sie auch ihre Stiefel dazu.

Ein Blick durch den Flur in die Küche verriet Misha, dass Marc gerade am Kochen war.

„Ich helfe ihm, okay?", fragte Petr und Misha nickte. „Juri ist bestimmt oben", er zeigte auf die Treppen.

Misha stieg die Holzstufen hoch und sah dann eine geöffnete Tür, aus der Licht kam.

„Hallo Juri", sagte sie und trat vorsichtig heran.

Er saß am Schreibtisch an einem Computer, der in einem größeren Zimmer stand, welches wohl eine Kombination aus Büro und Schlafzimmer war, und tippte etwas.

„Gut, dass du kommst", er rückte vom Schreibtisch weg, vermied aber den Blickkontakt.

„Bist du schon wieder am Arbeiten?", fragte sie.

„Nein", er nahm seine Brille ab und rieb sich die Augen. „Ich musste ein paar Leuten Bescheid sagen, dass alles okay ist. Lea, aber auch Freunden und Kollegen aus Jaku. Steege, ein guter Freund, hat sich große Sorgen gemacht. Mit Kolja, einem anderer Freund, der sehr unter dem Druck von Maana leidet, habe ich heute lange gesprochen. Seine Frau hat ihn vor Kurzem verlassen und ich hoffe, dass er bald nach Mela kommt. Mal sehen. Ich weiß nicht, warum ich dir das erzähle. Wie geht es dir?"

„Ich habe mich von dem Schrecken erholt", Misha atmete aus.

„Ich muss mich bei dir bedanken", er holte tief Luft. „Wenn du nicht zur richtigen Zeit am richtigen Ort gewesen wärst... du hast mir wahrscheinlich das Leben gerettet."

„Ich...", setzte Misha an, aber er ließ sie nicht ausreden.

„Du bist eine starke Frau, Misha. Ich habe dich immer bewundert. Ich versuche auch stark zu sein und anderen auch das Leben zu retten, aber es ist mir noch nie gelungen. Ilja konnte ich nicht helfen, Marc nicht und jetzt auch Stella nicht, Lea ist weggegangen und Petr will meistens nichts mehr mit mir zu tun haben", er drehte sich auf seinem Bürostuhl von ihr weg und legte seinen Kopf in die Hände.

Mishas trat an ihn heran und legte ihre Hand auf seine Schulter. Suchte in ihrem Kopf nach Trost, Aufmunterung, Widerspruch oder Ablenkung. Alles davon schien nicht das richtige zu sein.

„Juri, ich habe gesehen, wie du zerbrochen bist, in tausend Scherben, weißt du noch?", fragte sie.

„In der Glasröhre?", fragte er.

„Hmm."

„Da war dieser Traum", er wischte sich mit dem Handrücken über die Augen und drehte sich wieder zu ihr. Stand auf, damit sie sich in die Augen schauen konnten. „Du hast versucht, nach mir zu greifen, oder? Und als ich dann zersprungen bin, sein Blick ging an ihr vorbei und verschwand in der Ferne. „Das war, als ob alles weg wäre. Alle Verbindungen, alle zwischenmenschlichen Beziehungen, alle meine wissenschaftliche Arbeit, alle Zusammenhänge. Ich hasse es, wenn die Realität mir entgleitet...", er senkte den Kopf.

„Sei nicht so hart zu dir selbst. Es ist viel, was du verkraften musst. Stella war dir wichtig und sie und die anderen sind so völlig ohne Vorwarnung gestorben, ich hab das Gefühl, die ganze Stadt steht unter Schock."

„Ist es so?"

„Ja, es ist schwer zu begreifen. Ich kannte keinen von den jungen Leuten besonders gut, aber ich kann verstehen, dass das alles unbegreiflich ist. Wir sollten uns Zeit zum Trauern nehmen, in welcher Form auch immer."

„Trotz allem scheint es in der Stadt wenige Formen öffentlicher Trauer zu geben, wenn man mal die Geschichte von Mela betrachtet", überlegte Juri und Misha fand, dass er wieder viel gefasster klang.

„Dann wird es vielleicht Zeit, welche zu finden. Aber das ist nicht deine Aufgabe, du musst dir das nicht aufladen."

„Ja, ich bin eigentlich erst seit heute wieder bei mir", er kratzte sich am Kopf und sah auf einmal sehr müde aus.

„Weißt du, als ich vorhin hierher gelaufen bin, da habe ich meine Fußspuren von vor fünf Jahren gefunden, sie waren immer noch da, aber sie waren etwas zugewachsen und sahen wunderschön aus."

„Du hast damals schon einen großen Eindruck hinterlassen, jedenfalls bei mir."

„Ach komm", sie wischte seine Bemerkung mit einer Handbewegung weg. „Ich denke eher, es gibt hier eine Archäologie der Bilder und Imaginationen, die man auch Mythologie nennen kann, die es lohnt, freizulegen, eine Geographie von Träumen und Ideen. Halte deine Augen offen, Juri, es gibt noch einiges zu entdecken. Ich meine damit nicht nur schöne und zauberhafte Dinge, sondern bedeutungsvolle, vielschichtige Kapillare, Gänge, Strömungen. Du warst doch selbst in der Kanalisation? Vielleicht kannst du mir ja da einen Einblick geben?"

„Essen ist fertig!", rief Marc von unten und Juri stand auf, um mit Misha runter zu gehen.

Es gab einen Kartoffelauflauf und Misha versank in dem warmen Käse und der geschmeidigen Knolle. Die meiste Konversation lief über Marc und Petr, die über ihre Jobs in der Stadtverwaltung sprachen und die neuesten politischen Entwicklung auf globaler Ebene.

„Maanas Wirtschaftskraft ist deutlich geschwächt", erklärte Marc. „Die Lebensmittelpreise sind bereits am Steigen und die ersten Regionen schauen sich nach Alternativen um. Die Konkurrenz ist auch schon erwacht, aber sie können nicht auf die Schnelle Ersatz liefern, in den meisten Gegenden ist die Produktion ja schon seit Jahrzehnten stark runtergefahren worden, das heißt, es gibt keine Höfe, landwirtschaftliche Betriebe und so weiter."

„Mal sehen", Petr wiegte seinen Kopf hin und her, „sie haben bis jetzt jede Krise überstanden, die dysfunktionalsten Konstrukte sind überraschend überlebensfähig", er schaute zu Juri rüber.

„Meinst du mich damit?"

„Nein", sagte Petr, aber es klang nicht überzeugend.

„Das ist nicht fair", sagte Juri.

„Du bist hochfunktional, das weißt du", Petr hielt die Hände vor sich. „Meistens", er ließ sie wieder fallen.

„Es tut mir leid, dass ich dich schon wieder im Stich gelassen habe", sagte Juri, aber es hatte eine gewisse Schärfe.

„Wenn es dir schlecht geht, scharen sich alle um dich, notfalls die ganze Stadt. Als es mir schlecht ging, hast du dich nicht für mich interessiert", rief Petr und stand so schnell auf, dass sein Stuhl nach hinten kippte.

„Du hast mich nicht an dich herangelassen", Juri stand jetzt auch auf. „Du hast dich eingeschlossen und…"

„Frag dich mal, warum. All die Jahre musste ich die Lücke von Ilja ausfüllen, während du dich hinter deinem Schreibtisch verkrochen hast."

„Können wir uns nicht einfach darauf einigen, dass diese Sache uns allen Alpträume beschert", versuchte es Misha, sie fühlte sich dabei wie der langweiligste Mediator aller Zeiten. „Jeder geht auf seine Weise damit um." Juri und Petr setzten sich wieder. „Hier zu sein erinnert mich daran, dass ich mich damals auch sehr viel verkrochen habe, so wenig wie möglich mit anderen Kontakt haben war meine Devise. Es war vielleicht nicht falsch?", sie zuckte mit den Schultern. „Hauptsache man unternimmt Versuche, da irgendwie rauszuwachsen, oder?"

„Misha, die mustergültige Immigrantin", lachte Marc und Misha warf eine Servierte nach ihm. „Nein, im Ernst, ich kann mir denken, wie viel Arbeit das bedeutet."

„Es tut mir leid, dass wir eure Stadt mit solchem Menschenmaterial überschwemmen. Überall diese traumatisierten Leute, das muss anstrengend sein."

Jetzt warf Marc eine Servierte nach ihr. Dann wurde er ernst. „Es gibt hier Leute, die tatsächlich so denken, aber das ist Blödsinn."

„Ist es?", Misha hob eine Augenbraue. „Die Strapazierfähigkeit einer Gemeinschaft hat immer Grenzen. Und irgendwann bricht etwas auseinander."

„Ja, natürlich", nickte Marc. „Aber ich glaube, Mela ist noch weit davon entfernt."

„Und damit es so bleibt, wie wäre es, wenn es stadtweit eine Würdigung der Verstorbenen geben würde?", Misha trommelte mit den Fingern auf den Tisch.

„Natürlich ist die Bestattung zunächst eine Sache der Familien, aber es wäre angemessen, allen BewohnerInnen die Möglichkeit zu geben, sich zu verabschieden", Marc kratzte sich am Kinn.

„Ich finde es gut", steuerte Juri bei. „So viele Leute kannten Stella und die anderen."

„Ist da schon etwas Konkretes geplant?", fragte Misha.

„Wir sind intern noch am Klären, was sich die Angehörigen wünschen. Sie stehen unter Schock, das ist eine normale Reaktion auf sowas", er warf Petr einen Blick zu. „Neev und Theo, die ja einen psychologischen Notdienst aufgebaut haben, haben alle Hände voll zu tun."

„Ich würde mich da gerne einbringen", Misha malte mit dem Finger Kreise auf den Tisch.

„Inwiefern?", fragte Juri.

„Ich habe dieses Projekt über Melas moderne Mythologien gestartet und ich glaube, da habe ich etwas an Material gesammelt, das da einfließen kann. Wenn das okay wäre."

„Wenn du willst, kann ich das mit meinem Team besprechen", nickte Marc nachdenklich. „Und wir haben morgen eine Sitzung vom Stadtrat, da kann man das zum Thema machen. Ich halte dich auf dem Laufenden."

„Danke", lächelte Misha. „Ich habe aktuell keinen Taschencomputer, aber der sollte in ein paar Tagen zurück sein."

„Wir finden schon einen Weg, um in Kontakt zu bleiben, ich kann dich im Büro anrufen", Marc stand auf und sammelte die Teller ein.

Kurz darauf verabschiedeten sich Misha und Petr und machten sich auf den Heimweg.

„Das war viel", Misha rieb sich den Kopf, als sie zur Bahn liefen.

„Ich bin auch durch", murmelte Petr und sie stellten sich an die Haltestelle, um zu warten.

„Hab ich etwas Falsches gesagt?", fragte sie und lehnte sich an das Plexiglas-Häuschen.

Petr stellte sich ihr gegenüber und schüttelte den Kopf. „Wie kommst du darauf?"

„Ach, ich hab mich noch nicht so oft in andere familiäre Angelegenheiten eingemischt, hab da zu wenig Erfahrungswerte."

„Du kannst dich ruhig öfter einmischen", Petr war jetzt ganz nah und Misha nahm den Kragen seiner Jacke und zog ihn zu sich.

Sie küssten sich und sie öffnete ihre Mund und schmeckte den Sommer auf ihrer Zunge. So, wie sie ihn noch nie erlebt hatte. Mit überreifen Blaubeeren, Grashalmen an den Füßen, Sonnenstrahlen auf den Oberarmen, Marienkäfern im Nacken, lauen Wind in den Haaren. Misha sog dieses Gefühl in sich ein und trank es, spürte es tief in ihrem Inneren sich ausbreiten und zerfließen wie Eis in der Sonne.

Als die Bahn kam, lösten sie sich von einander und stiegen ein. Misha fühlte sich etwas wackelig auf den Beinen und kurzatmig. Sie ließen sich in die Sitze fallen und fuhren zu Petrs Wohnung. Dort angekommen drückte Petr sie, noch bevor sie sich die Schuhe ausgezogen hatten, gegen die Haustür, küsste sie, bis Misha und er anfingen zu lachen.

„Ich weiß gar nicht, was ich machen soll?", flüsterte sie in sein Ohr.

„Was möchtest du denn machen?", fragte er.

Sie überlegte. So viele Dinge schwirrten in ihrem Kopf. Sie wollte sich auf keinen Fall blamieren, aber irgendwie schien das unausweichlich. Hier konnte sie ebenfalls auf keine Erfahrungswerte zurückgreifen.

„Was ist das erste, das dir einfällt?", fragte Petr.

Misha nahm Petr an den Rippen und hievte ihn hoch. Er war schwerer als sie dachte.

„Das ist unfair", rief er und legte seine Arme um ihren Hals. Seine Beine umschlangen sie und Misha trug ihn ins Schlafzimmer. Sie fielen ins Bett und vergruben sich lachend ineinander.

„Daran könnte ich mich gewöhnen", murmelte Petr in ihren Hals und sie fingen an, sich zu küssen und ihre Hände wandern zu lassen.

Misha war überrascht, wie schnell sie sich fallen lassen konnte, trotz aller Gedanken, die sie sich vorher gemacht hatte. Petrs Haut schmeckte nach Regen, Herbstblättern und Abenddämmerung. Und dann wurde es Nacht und sie schliefen voneinander erfüllt ein.

Als Misha mitten in der Nacht aufschreckte, musste sie sich erstmal orientieren. Petr saß nach vorne gebeugt im Bett und sie streckte ihre Hand aus, um seinen Rücken zu berühren. Sie spürte einen leichten Tremor.

„Alles okay?", fragte sie schlaftrunken.

„Nur ein Alptraum", murmelte er.

Misha kroch unter der Decke hervor und schmiegte sich an seinen Rücken. Dabei spürte sie, wie heftig sein Herz schlug, sein ganzer Oberkörper schien von einem Donnern durchdrungen zu sein. Sein Nacken war kühl und Misha konnte noch die Reste des Alptraums auf seiner Haut nachspüren, es waren schwarze Partikel die wie Tintenflecke auf Petr verteilt waren.

„Ich muss aufstehen und mich bewegen, es ist einfach zu viel Adrenalin in meinen Adern", sagte er mit rauer Stimme und bewegte sich. „Sorry, dass ich dich geweckt habe. Du kannst weiterschlafen. Ich bin gleich zurück."

Misha ließ sich zurück in die Kissen fallen und zog die Decke über ihren Kopf. Sofort war sie wieder eingeschlafen.

Am nächsten Morgen war Petr immer noch nicht zurück. Misha stand auf und fand ihn in der Küche. Er sah blass aus.

„Sorry, dass ich nicht gut drauf bin, es ist nicht wegen dir, nur wegen des Alptraums", sagte er und rieb sich die Schläfen.

Sie sprachen nicht viel und tranken etwas Tee. Bei der Fahrt zur Arbeit legte Petr seinen Kopf auf ihre Schulter und schloss die Augen. Misha nahm seine Hand und verschränkte ihre Finger.

„Was hast du später noch vor?", fragte Misha, am Eingang ihres Verwaltungsgebäudes angekommen.

„Vielleicht sollten wir heute zum Stadtteiltreff gehen, was meinst du? Heute wird dort wieder gekocht."

„Gute Idee. Ich gehe vorher noch nach Hause, aber dann sehen wir uns dort."

Sie umarmten sich kurz und gingen ihre Wege.

-27-

Als Misha später am Stadtteiltreff ankam, hatte sie ein komisches Gefühl im Bauch. Zuerst sah sie die vielen Lichter, die von den hinterlegten Kerzen kamen. Daneben waren Karten und zusammengebundene Zweige. Ein paar Grüppchen standen wie immer draußen und unterhielten sich gedämpft. Misha konnte Petr nirgends entdecken. Sie ging hinein und wusste nicht genau wohin mit sich. Die meisten Leute, die sie hier kennen gelernt hatte, waren nicht mehr da.

In einer Ecke sah sie Fjodor, wie er sich mit zwei anderen Leuten unterhielt. Sie überwand sich und ging hin, richtete ihm ihr Beileid aus. Sie kam sich schrecklich steif dabei vor. Fjodor presste die Lippen aufeinander und nickte ihr zu.

„Übermorgen soll die Beerdigung sein", sagte Helena.

„Ist da etwas geplant, ich meine von euch oder so?", fragte Misha.

„Ich hab gehört, dass ein Zeichen gesetzt werden soll", sagte sie und trank aus ihrem Glas. „Wir wollen Plakate machen mit den Gesichtern der Leute, damit sie nicht einfach so verschwinden, verstehst du?"

„Vielleicht kann man noch mehr machen", überlegte Misha. „So wie ich Stella, Mick, Antonia und Cleef kennen gelernt habe, waren sie energiegeladen, engagiert und hatten eine mitreißende Persönlichkeit. Vielleicht kann man das irgendwie aufleben lassen."

„Ich finde das eine gute Idee", Fjodor kam zu ihnen und mit ihm ein paar andere Leute. „Ich kann mir einfach nicht vorstellen, dass von einem Tag auf den anderen alles vorbei sein soll. Stella ist weg, aber trotzdem…", sein Blick verschwand in der Ferne.

In diesem Moment kam Steev zu der Gruppe und schaute genervt. „Willst du etwa dieses alberne Projekt mit Melas Mythologien da reinbringen?", er lachte gekünstelt und Misha spürte, wie ihr ganz kalt wurde. „Ich habe gesehen, was du da die letzten Tage gemacht hast. Glaub mir, sowas brauchen wir hier nicht. Das ist dummer Jaku-Kram, da glauben die an Geister und sowas, das hat in Mela nichts verloren."

Misha öffnete den Mund, um etwas zu sagen, aber es kam nichts heraus.

„Du hast völlig recht", Lenn kam jetzt auch zur Gruppe dazu und schüttelte den Kopf. „Du willst doch nur die Gelegenheit nutzen, um deine Reichweite zu vergrößern."

Misha sah, dass Fjodor irritiert zwischen ihnen hin und her schaute und dann einfach ging. Misha konnte verstehen, dass er keine Kraft für solche Dramen hatte.

„Was labert ihr da?", fragte Helena und rümpfte die Nase. „Misha hat sich wie jeder andere eingebracht. Man muss ja nicht beleidigend werden."

„Ich kenne sie von früher", Steev hob sein Kinn, um auf Misha runterschauen zu können. „Sie ist…", er machte eine entsprechende Handbewegung. „… sie tickt nicht richtig, verstehst du? Sie phantasiert ständig etwas zusammen, labert von Träumen und so", er lachte.

Misha spürte, wie jede Farbe aus ihr wich. Sie schubste Steev zur Seite und stürmte aus dem Laden. Vor der Tür hätte sie fast Petr über den Haufen gerannt, er stolperte und konnte sich gerade noch so fangen.

„Misha!", rief er ihr hinterher.

„Lass mich!", rief sie und machte sich davon.

Sie rannte und rannte ohne einmal stehen zu bleiben, bis ihre Lungen und ihr Herz zu zerreißen drohten. Dann erst sah sie, dass sie in der Nähe ihres alten Verstecks war. Sie ging zu dem Wohnhaus und schlüpfte in den Keller. Das alte Sofa stand noch da, unverändert. Sein Blumenbezug war noch stärker ausgeblichen. Misha ließ sich auf die staubige Oberfläche fallen und schloss die Augen. Sie atmete immer noch heftig und ihre Beine ächzten.

Sie schloss die Augen, aber es kam kein Schlaf über sie, vielmehr fiel sie wie durch einen dunklen und schmutzigen Schacht. Es war nicht wie bei der Glasröhre, in der man an einen anderen Ort gespült wurde, nein, es war mehr so ein Müllschacht, der sie rumpelnd irgendwohin beförderte und an dem sie sich rechts und links anstieß. Am Ende landete sie auf einer Art Halde, die aber nicht aus Haushaltsabfällen bestand, sondern aus jeder Menge unterschiedlicher Scherben und Schutt und Steinen.

Mühsam rappelte Misha sich auf und klopfte sich den Dreck von ihrem grünen Arbeitsoverall. Sie schaute sich um. Weit und breit nichts als eine ewige Mondlandschaft aus diesen abgebrochenen Bestandteilen unter ihr, der Himmel klar und schwarz mit ein paar fernen Sternen. Ihre Augen suchten nach einer menschlichen Siedlung, nach einem Baum oder Natur, nach einem Fluss oder Bach, nach Licht oder wenigstens einem Schimmer, aber nichts davon schien zu existieren. Misha fing an zu laufen über den ungleichmäßigen Untergrund, es knirschte und sie musste aufpassen, nicht abzurutschen.

Sie wusste nicht, wie viel Zeit vergangen war, aber mit einem Mal blieb sie stehen und ihr wurde bewusst, dass ihre ganzen Spielereien mit Farben und Strömen nichts als Luftspiegelungen waren, ein Zeitvertreib, um sich die Welt schmackhaft zu machen. Sobald der Schleier gelüftet war, sah sie, aus welchen Stoffen die Welt wirklich bestand und da war nichts mehr mit Blümchen und Windspielen und bunten Strudeln.

Wie dumm war sie die ganze Zeit nur gewesen, fragte sie sich. Sie hatte sich selbst etwas vorgemacht, um mit den ganzen Enttäuschungen und Verzweiflungen zurecht zu kommen, um an das ‚Gute' zu glauben, vielleicht auch, um sich als etwas Besseres zu fühlen. Vielleicht war Petr mit seinen Alpträumen all die Zeit näher an der Wahrheit gewesen als sie und sie hatte ihm noch kluge Ratschläge gegeben.

Misha schüttelte den Kopf und setzte sich in den Schutt, betrachtete das Panorama aus dunkler Erde und dunklem Himmel vor sich. Immerhin, und das tröstete sie irgendwie absurderweise, wusste sie jetzt, wie es wirklich um das Leben bestellt war. Es war kein wundersames Zusammenspiel aus verschiedenen Kräften und Energien. Es war paradoxerweise merkwürdig leblos, bedeutungslos, farblos, formlos und lieblos.

Vielleicht musste sie Lenn und Steev fast dankbar sein, dass sie ihr diese Perspektive eröffneten. Nein, so weit konnte sie nicht gehen. Aber sie konnte auch keine echte Wut ihnen gegenüber aufbringen. Natürlich, sie waren unsympathische Gestalten und ihr noch nie wohlgesonnen gewesen. Aber das machte sie nicht zu Bösewichten. Sie hatten ihre Meinung geäußert, wenn auch etwas mehr Rücksichtnahme und Freundlichkeit besser gewesen wäre. Aber wer weiß, vielleicht waren sie auch wütend angesichts der ganzen tragischen Umstände und hatten sich somit im Ton vergriffen. Niemand war genötigt zu Mishas Ideen Beifall zu klatschen und Juhu zu rufen, das musste sie aushalten. Aber konnte sie das aushalten?

Irgendwann wachte Misha auf und starrte an die mit Spinnenweben übersäte und unverputzte Decke. Sie bewegte sich, ihr Körper fühlte sich komplett erstarrt und steif an. Sie setzte ihre Füße auf den Boden und rollte ihre Gelenke. Wie lange war sie weg, welchen Tag hatten sie? Misha schaute an sich herunter und sah, dass sie ihren grünen Anzug anhatte. Kurz stutzte sie, dann stand sie auf und stieg die Kellerstufen hoch. Ein älterer Mann kam ihr entgegen und Misha zuckte zusammen, als sie ihn sah.

„Mensch, Mädchen, du kannst doch bei solchen Temperaturen nicht im Keller schlafen", rief er und schüttelte missbilligend den Kopf.

„Es tut mir leid…", murmelte sie.

Sie standen sich auf der engen Treppe gegenüber und Misha konnte nicht an ihm vorbei.

„Das Sofa", er zeigte nach unten, „hat mir und meiner Frau gehört. Sie ist schon lange tot und ich musste mich verkleinern, aber es erinnert mich immer noch an die gemeinsame Zeit", sein Blick wurde glasig.

„Das tut mir leid", sagte Misha und konnte den Schmerz und die Sehnsucht auf dem Gesicht des Mannes kaum aushalten.

Es entstand eine längere Stille und Misha fragte sich, was gleich passieren würde.

„Es ist wichtig", sagte er plötzlich, drehte sich um, und lief nach oben, „einen Menschen im Leben zu haben, der einen aus den Alpträumen auffängt." Oben angekommen standen sie im Eingangsbereich des Hauses. „Und wenn man den nicht hat, dann muss man es selbst tun", er lachte und seine Augen bildeten zahlreiche Fältchen, eine Zahnlücke offenbarte sich.

„Hmm", sagte Misha, ihr fehlten die Worte.

„Wenn du wieder nicht weißt wohin, dann bist du immer hier willkommen, gerne auch auf eine Tasse Tee", er drehte sich um und stieg die Stufen hoch in den ersten Stock.

„Danke", murmelte Misha.

Langsam lief sie Richtung Zuhause. Es musste ein purer Zufall sein, dass sie diesen Mann getroffen hatte. Sie durfte sich jetzt nicht von ihrem Weg abbringen lassen. Die Welt, ach was, das ganze Universum war eine einzige Ansammlung von leblosem Stein, das hatte sie doch gesehen und das durfte sie jetzt nicht vergessen, um nicht schon wieder einem falschen Glauben zum Opfer zu fallen.

Misha starrte auf den Boden und eilte durch die Straßen. Ihr war nicht nach Konversation, auch wenn sie nicht genau wusste, was sie zu Hause machen sollte, alles schien immer noch so bedeutungslos. Weil sie so schnell lief, merkte sie erst zu spät, dass vor ihr eine komische Ansammlung von Sachen auf dem Weg lag, über die sie fast gestolpert wäre. Sie stürzte halb auf den Boden und landete auf ihrem Hintern, drehte sich um und sah, dass es einer der Plätze war, auf denen sie alte Blätter und Steine arrangiert hatte. Jemand hatte noch alte Blumentöpfe, Tannenzapfen, Tonscherben, Efeu und Metalldosen herbeigeschafft und ihr kleines Kunstwerk ausgebaut. Es sah jetzt aus wie ein Gärtchen, wie ein Kleinod, wie ein Schrein.

Misha blieb sitzen und betrachtete die vielen verschiedenen Elemente. Sie konnte nicht anders, ihr Innerstes brach auf und alles Mögliche kam heraus. Sie versuchte noch diesen Prozess aufzuhalten. Nichts war schmerzhafter als diese zarte Hoffnung, die dann wieder zertrampelt wurde. Nein, das würde sie nicht noch einmal zulassen.

Sie stand auf und klopfte sich die Kleidung ab. Sie hatte ein paar Schürfwunden an den Händen. Langsamer und bedachter lief sie weiter. Hob ihren Kopf. Die Sonne blendete sie und sie hielt sich die Hand vor die Augen. Die Sonne blendete sie immer noch. Misha drehte ihren Kopf, aber die Sonne schien aus allen Richtungen zu kommen. Verdammt, das konnte nicht sein? Und das, wo sie die letzten Monate kaum Sonnenlicht hatten, immer war es zugezogen, immer hat es genieselt, immer war es dunkel. Nur jetzt nicht. Natürlich. Jetzt, wenn sie Sonnenschein überhaupt nicht gebrauchen konnte.

Als sie an einer Bahnhaltestelle vorbeikam, fand sie einen kleinen Zettel auf den Boden, der ihre Aufmerksamkeit erregte. Sie hob ihn auf.

„Trauerfeier für unsere jungen Leute, Freitag um 14 Uhr auf dem Marktplatz, danach Prozession zum Wald."

Misha steckte den Zettel ein. Welcher Tag war heute? War das schon gelaufen? Sie wollte sowieso nicht hingehen. Mit Beerdigungen konnte sie nicht so gut. Sie kannte die Leute auch viel zu wenig, sie wäre nur im Weg.

Kurz bevor sie ihr Haus erreichte, finge es an zu tropfen. Jetzt auch noch Regen, wenn jetzt ein verdammter Regenbogen über ihr erschien, dann wäre das das Letzte, was sie gebrauchen konnte. Misha zwang sich, sich nicht umzudrehen und verschwand drinnen.

Vor ihrer Wohnungstür lag ein einzelner Handschuh. Misha musste ihn nicht aufheben, um zu wissen, wem er gehörte. Sie stützte sich an der Wand ab und atmete ein paar Mal tief ein und aus. Ihr ganzes Weltbild wurde auf die Probe gestellt. Schon wieder. Misha schloss die Augen und schüttelte den Kopf. Als sie sie wieder aufmachte, wanderte ihr Blick sofort zum Treppenhausfenster und dem Regenbogen, der sich da penetrant platziert hatte.

„Oh, verdammte Scheiße", rief sie, hob den Handschuh auf und verschwand in ihrer Wohnung.

Zuerst zwängte sie sich aus ihrem Anzug und entledigte sich aller anderen Kleidung, stieg unter die Dusche. Drehte das Wasser so heiß auf, wie sie es gerade noch ertragen konnte. Und stand einfach so da. Schicht um Schicht von was auch immer schälte sich von ihr ab und übrig blieb nur ihre sensible und verletzliche Haut. In dem heißen Wasserdampf wurde Misha träge und müde, alle rationalen Schranken schmolzen dahin und wurden den Abfluss heruntergespült. Als der Vorgang abgeschlossen war, drehte Misha das Wasser ab und trocknete sich ab. Lief ins Schlafzimmer und legte sich ins Bett.

Sie dachte immer noch an den Schotter und die Steine, aber sie dachte auch an die Straßenkunst und den alten Mann, an den Regenbogen und den Handschuh. Sie legte sich einen Arm über die Augen. Okay, was war, wenn es noch viel komplizierter war. Wenn die trostlose Schutt-Welt ebenso existierte wie die vielen anderen. Genauso wie die Containerschiffs-Welt, die Obdachlosen-Welt, die Jaku-Welt, die Mela-Welt, die Petr-Welt, die Efeu-Haus-Welt und die tausend anderen Welten. Würde sie das schaffen, sie alle in ihrem Kopf klar zu kriegen?

Misha atmete tief ein und aus. Dann richtete sie sich wieder auf. Suchte sich T-Shirt, Pullover, Hose und die restliche Kleidung zusammen, zog sich an und rubbelte sich ihre Haare noch einmal trocken. Schaltete ihren Laptop an, um zu überprüfen, welcher Tag heute war. Jepp, heute war die Beerdigung. Wenn sie sich beeilte, würde sie es noch rechtzeitig schaffen. Wenigstens würde sie mitlaufen, daran konnte nichts falsch sein.

Sie trank ein paar Schlucke Wasser und trat wieder vor die Tür. Die Sonne schien immer noch kraftvoll und die Luft fühlte sich winterlich frisch an. Misha hatte immer noch Bewegungsbedarf und beschloss zum Marktplatz zu joggen. Sie sah auf dem Weg so gut wie keine Menschen, die Bahnen schienen auch nicht zu fahren, wahrscheinlich war es aus Sicherheitsgründen besser. Die ganze Stadt war in einer Ruhe versunken, die fast unheimlich war. Wobei heute Morgen auch schon wenig los war, wenn sie recht überlegte.

Als sie sich der Innenstadt und damit auch dem Marktplatz näherte, verlangsamte sie ihren Schritt. So wieso keuchte sie schon vor sich hin und musste langsamer machen, um nicht völlig aufgelöst dort anzukommen. Aber sie wollte sich auch mental auf die Veranstaltung einstimmen. Als sie noch auf See gewesen war, da hatte sie gelernt, dass diese Momente von absoluter Ruhe fast schon unheimlich sein konnten, weil es absolut unvorstellbar war, wie auf einmal das Chaos darüber hereinbrach, wie auf einmal alles in Wallung geriet und jedes Atom und jede Zelle in Bewegung war und die ganze Welt auf den Kopf gestellt wurde. Doch es war möglich, sie hatte es oft genug miterlebt.

Misha bog um die Ecke und erblickte von ihrer Position aus die prall gefüllte Innenstadt. Diese lag von den äußeren Stadtteilen aus gesehen in einem Tal und Misha stand erhöht. Alle Zuflussstraßen waren komplett angefüllt mit Menschenmassen und sie sah, dass aus allen Richtungen immer noch Leute dazu kamen. So etwas hatte sie noch nie erlebt. Selbst bei den Paraden und Straßenumzügen in Jaku, bei denen manchmal Hunderttausende Menschen teilnahmen, war es anders. Hier waren die Straßen enger und die Menschen standen nicht hier und da in kleinen Grüppchen, sondern strömten ganz klar zum Marktplatz.

Misha lief weiter und verlor somit den Rundumblick, fand aber Anschluss an eine Zuflussstraße und reihte sich dort ein. Da zwischen den Menschen noch Luft war, schlängelte sie sich hindurch, um möglichst weit nach vorne zu kommen. Als es nicht mehr weiterging reckte sie ihren Kopf, konnte aber niemanden finden, den sie kannte. Vorne konnte sie vage erkennen, dass sich Menschen mit schwarz-weißen Anzügen aufgebaut hatten, die die neun Urnen trugen. Dazwischen waren wahrscheinlich die Angehörigen. Auf der angrenzenden Treppe des Rathauses war ein Kinderchor aufgebaut.

Auf einmal legte sich eine Stille über die Menge und der Chor begann zu singen. Misha hielt die Luft an. Die hohen Stimmen hallten durch alle Straßen und Gassen, was eigentlich nicht möglich gewesen wäre. Sie stiegen sogar hoch in den Himmel und Mishas Blick richtete sich nach oben. Sie sah, dass nicht nur die Menschen sich unten versammelt hatten, auch die Wolken oben zogen sich in Windeseile zusammen. Sie schienen auf einmal aus allen Richtungen zu kommen und waren stahlblau, veilchenblau, aber auch ultramarinblau und nachtblau. Sie bewegten sich immer schneller und Misha konnte den Blick von diesem Schauspiel nicht abwenden. Immer zügiger drehten sie sich umeinander, sodass ein verrückter Strudel entstand.

Oh nein, nicht schon wieder, dachte Misha und schloss die Augen, um die Bilder abzuschütteln. Es fing schon wieder an. Schon wieder wurde sie vereinnahmt von diesen rätselhaften Tagträumen. Als sie die Augen wieder öffnete, waren die verrückt gewordenen Wolken tiefer gesunken und vollführten immer noch ihren wahnsinnigen Tanz.

Misha schaute nach vorne und sah, dass der Kinderchor fertig war, stattdessen hatte sich ein weiterer Chor aufgebaut, vor ihnen stand ein Dirigent und mit einer Handbewegung wurde ein Gesang angestimmt, der Misha in Mark und Bein erschütterte. Es war ähnlich den Kirchengesängen, die sie aus ihrer Heimat kannte, die ganz ohne instrumentelle Begleitung auskamen und irgendwie fremdartig, fast gruselig klangen.

Dieser Gesang schien die Wolken noch mehr zu triggern, sie waberten und sprudelten immer tiefer und schneller, ihre unterschiedlichen Blau-Schattierungen noch deutlicher zu erkennen. Mishas Blick huschte zu den anderen Leuten um sie herum und sie hatten fast alle die Augen aufgerissen und hielten den Atem an, manche vor Schreck, andere vor Staunen. Und dann kam ein Wind dazu, der die Haare der Leute durcheinanderwirbelte und den Chor noch weiter anschwellen ließ. Mützen und Hüte wurden in die Luft gewirbelt, sodass die ersten Leute auf den Himmel zeigten und „da!" und „was!" riefen.

Misha war wie hypnotisiert oder in Schockstarre von den Wellen am Himmel. Normalerweise würde sie jetzt schnell unter Deck verschwinden wollen, aber das war hier nicht wirklich möglich. Und dann war sie auch noch umstellt von tausenden von anderen Menschen.

Und dann schrien alle nur noch, weil die Wolken die Gebäudespitzen erreicht hatten und blaue Farbe sich über sie ergoss. Über das Rathaus, die höheren Gebäuden, sogar das Verwaltungsgebäude von Neev und Marc strömte blaue Tinte und die Farbe rann runter bis auf die Straßen.

Mehr konnte Misha erstmal nicht erkennen, denn sie wurde nach vorne geschoben, die Menschen fingen an zu schieben und zu ziehen, sie rannten mal in die eine und dann in die andere Richtung, Misha hatte die Orientierung verloren.

Mal kam sie am Chor vorbei, der merkwürdig stoisch auf den Treppenstufen stand, während der Boden um sie herum sich mit blauem Wasser füllte, und immer heftiger sang, immer verschlingender, immer dröhnender, wie das Toben der Wolken um sie herum, wie ein Dämonengesang.

Und mit einem Mal dachte Misha, das sind die Geister Melas, die hier erwachten. Aber weiter kam sie nicht, denn auf einmal fing die Erde unter ihnen an zu beben. Misha hatte nun wirklich Todesangst, denn das war zu viel. Was geschah hier? Sie schaute an sich runter und sah, wie ihre Kleidung wie die von allen anderen mit blauen Sprenkeln übersäht war, denn mittlerweile waren die Wolken knapp über ihren Köpfen.

Als die nächste Wellenbewegung von den Trauernden kam, wurde Misha nach vorne geschoben und bemerkte, dass die Urnenträger sich an die Behälter klammerten und immer noch den Gewalten trotzten. Und dahinter sah sie Petr. Sie rannte über den Marktplatz zu ihm und schnappte sich seine Hand.

„Du bist hier", schrie er gegen die Naturgewalten an und seine Augen leuchteten auf.

„Was ist hier los?", Juri war auf ihrer anderen Seite. Doch ehe Misha antworten konnte, bebte die Erde wieder.

„Los", rief Misha instinktiv und zog Petr an der Hand in eine Seitenstraße.

An ihm hing Juri und an Juri Marc und sie rasten in einer Kette, damit sie sich nicht verloren. Mishas Blick war die ganze Zeit auf den Asphalt gerichtet und dann bildete sich dort ein kleiner Riss, der immer größer wurde und Misha schrie wieder auf, zog Petr und die anderen immer schneller hinter sich her.

Sie standen jetzt mitten im Sturm und der Spalt unter ihnen wurde immer größer, sodass Misha und die anderen gerade noch so auf die Seite springen konnten. Die anderen um sie herum taten es ihnen nach und alle BewohnerInnen standen um mehrere Risse herum, die sich überall aufgetan hatten. Sie blickten in die schwarze Tiefe und zitterten am ganzen Körper.

„Die Urnen", Misha bekam kaum Luft, „die Urnen und die jungen Leute, sie sollen unter der Stadt beerdigt werden. Das ist die einzige Erklärung."

„Wie kommst du darauf?", Juri runzelte die Stirn. „Das ist ein Erdbeben und ein…", er zeigte nach oben, „…irgendwas…"

Doch Misha sah, dass die Urnenträger ausströmten und an die Abgründe traten, um mit Seilen die Urnen hinabzulassen. Währenddessen wurde der Gesang des Chores dunkler, tiefer, abgründiger, aber auch ruhiger. Sie standen ein paar Meter von einem Urnenträger entfernt und sahen, wie er mit einer Engelsgeduld die Urne immer tiefer und tiefer herabließ, bis sie ganz in dem schwarzen Abgrund verschwand.

Als der Vorgang abgeschlossen war, blitzte es über ihnen und Mishas Kopf schnappte nach oben. Ein Netz von Lichtern durchzog den Himmel und Mishas Mund klappte vor Staunen auf. Es war wie ein Nervensystem, das pulsierte. Und dann ein krachender Knall als würde die Weltkugel in zwei Teile brechen und ein Schwall von blauer Farbe ergoss sich über der Stadt. Misha schnappte nach Luft, weil sie in einem Guss stand und sie zog wieder an Petrs Hand, sie fingen an zu rennen, stießen wie blind mit dutzenden von anderen zusammen, sie schlugen sich durch die Straßen, bis sie endlich Luft holen konnte.

Ein Blick zurück und Misha sah, dass die blaue Brühe in die Abgründe lief, um sie auszufüllen und zu versiegeln.

„Ist das…?", Juris Mund stand offen, er wollte unbedingt etwas sagen.

„Ja", rief Misha völlig sinnlos.

„Das ist…", er zeigte auf das Schauspiel vor ihnen. „Ist das… ist das die eigentliche Grundlage von Mela", rief er sichtlich aufgelöst und nicht ganz bei Verstand. „Ist unter Mela eine Quelle von Ultramarin, auf die sich die Stadt gründet? Sowas wie heiße Quellen? Ich habe bei der Geschichtsschreibung wohl einiges übersehen. Du hattest völlig recht, Mela hat einen Resonanzraum, den ich bisher übersehen habe. Aber jetzt ist er aufgebrochen und wir alle durften daran teilhaben."

„Komm, wir bringen uns in Sicherheit", rief Misha gegen den Sturm an und zog Petr und Juri und Marc hinter sich her.

Sie rannten bergauf, um nicht mehr in den Seen und Strudeln zu stehen, sondern wieder festen Boden unter den Füßen zu bekommen. Misha schaute sich um und sah, dass fast alle Leute es ihnen nachgetan und sich auf höhere Ebenen in Sicherheit gebracht hatten und jetzt auf das Zentrum runterschauten, wo die Abgründe nach und nach versiegelt wurden. Nur der Chor stand noch felsenfest auf seinem Platz, der Gesang klang aber nicht mehr so kraftvoll, sondern wurde langsam leiser und versöhnlicher. Vom Himmel tropfte es nur noch.

Mit einem gluckernden Geräusch versickerte der letzte blaue Regen und nur noch kleine Pfützen blieben zurück. Misha atmete tief aus und ließ die Anspannung los, die ihren Körper erfasst hatte. Sie schaute auf ihre Unterarme und fuhr mit dem Finger über die Reste von Farbe, schaute zu Petr und strich ihm Strähnen aus dem Gesicht. Sie alle waren von oben bis unten klatschnass.

„Ich glaube, wir brauchen alle eine Dusche", flüsterte er in ihren Nacken, als sie sich umarmten.

„Ich weiß nicht", überlegte Misha, „wäre es nicht cool, sich noch so lange wie möglich in dem Zeug zu wälzen, es richtig auszukosten?"

Petr lächelte und schüttelte den Kopf, dann wurde sein Blick ernst und sie küssten sich. Misha war nicht überrascht, dass das Blau nach Regen schmeckte, nach Mondschein und eisiger Kälte, nach Gebirgsbach und Raureif.

Als sie sich wieder voneinander lösten, sah Misha, dass die anderen Leute sich etwas unterhielten, dann aber auch den Heimweg antraten. Die Wölkchen am Himmel taten so, als wäre nichts gewesen und etwas Sonnenlicht brach schon wieder hindurch.

„Ich muss das erstmal verarbeiten", Juri stand da und schüttelte den Kopf. „Wenn ich das nicht mit eigenen Augen gesehen hätte…"

„Ich bin gespannt, wie die Stadt morgen aussieht, aber so wie mir scheint, hat sich das ganze Blau überall reingefressen", Misha schob ihren Fuß hin und her durch das Wasser am Boden.

„Aber das kann ja nicht möglich sein", überlegte Juri wieder.

„Das können wir immer noch morgen entscheiden", seufzte Marc und legte seinen Arm um ihn. „Lass uns erstmal nach Hause gehen."

„Blau ist erst der Anfang", Misha schaute Juri bedeutungsvoll an. „Pass auf, was da noch alles kommt."

„Hmm?", er hob eine Augenbraue.

„Man weiß nie, welche Strömungen da unten oder da oben oder irgendwo ganz anders noch fließen und Mela erfassen", Misha zuckte mit den Schultern und Petr und sie verabschiedeten sich von den beiden und gingen nach Hause.